The
나아지는
글쓰기

The 나아지는 글쓰기

발행일	2018년 6월 29일

지은이	이 동 규		
펴낸이	손 형 국		
펴낸곳	(주)북랩		
편집인	선일영	편집	권혁신, 오경진, 최승헌, 최예은, 김경무
디자인	이현수, 김민하, 한수희, 김윤주, 허지혜	제작	박기성, 황동현, 구성우, 정성배
마케팅	김회란, 박진관		
출판등록	2004. 12. 1(제2012-000051호)		
주소	서울시 금천구 가산디지털 1로 168, 우림라이온스밸리 B동 B113, 114호		
홈페이지	www.book.co.kr		
전화번호	(02)2026-5777	팩스	(02)2026-5747

ISBN	979-11-6299-198-5 03800 (종이책)	979-11-6299-199-2 05800 (전자책)

이 도서의 국립중앙도서관 출판예정도서목록(CIP)은 서지정보유통지원시스템 홈페이지(http://seoji.nl.go.kr)와
국가자료공동목록시스템(http://www.nl.go.kr/kolisnet)에서 이용하실 수 있습니다.
(CIP제어번호: CIP2018019330)

(주)북랩 성공출판의 파트너
북랩 홈페이지와 패밀리 사이트에서 다양한 출판 솔루션을 만나 보세요!
홈페이지 book.co.kr • **블로그** blog.naver.com/essaybook • **원고모집** book@book.co.kr

실제 첨삭 사례와 함께 제시하는 잘못된 문장 고치기 기술

The

잘못된 문장 고치기 실사판

나아지는
글쓰기

실전 현장의 최전선에서 글쓰기를 가르쳐 온 저자가
누구나 20일 만에 습득할 수 있는
글 잘 쓰는 법칙 20가지를 알려준다!

이동규 지음

북랩 book Lab

최소한의 시간 투자로, 최대치의 글쓰기 능력 향상

▶ 언제까지 글쓰기 '자세'에 관한 책만 읽을 것인가

요즘은 책에서든 인터넷에서든 글을 잘 쓰는 방법에 관해 이런저런 조언들이 넘쳐난다. 책을 많이 읽어서 좋은 문장을 많이 보라는 둥, 창의적인 생각을 많이 하라는 둥, 무작정 소재를 가리지 말고 자주 써보라는 둥 내용도 가지가지다. 다 옳은 소리다.

그러나 한편으로는 이와 같은 조언들이 하나같이 '공허한 일반론에 지나지 않는가?' 하는 생각도 든다. 이들은 모두 좋은 글을 쓰기 위한 태도나 사고를 기르는 법을 설파할 뿐, 실제로 잘 쓴 문장이 어떻게 조직되고 구성되는지 구체적인 원리, 즉 실용적인 방법론을 전혀 제시하지 못하고 있다. 조금 거칠게 말하면 "일단 다독(多讀)·다상(多想)·다작(多作)을 해 봐! 그러면 뭐든 언젠가 나올 거야." 하고 발언자가 무책임하게 방관하는 것만 같다.

▶ '현실과 괴리된 문장 고치기' 책이 아직도 많다

한편 시중에 나와 있는 글쓰기 책 중에서 간혹 '잘못된 문장을 고쳐

주는 책'도 소수이지만 분명 존재하기는 한다. 그러나 이들 책에서 아쉬운 부분은 '잘못된 문장'으로 보여주는 예시들이 너무 현실과 괴리되었다는 점이다. 이들이 보여주는 예시들은 지나치게 교과서적이어서 현실에서 쓰일 만한 것들이 아니거나, 반대로 글깨나 쓴다는 사람들의 글을 가져다가 다소 무리하게 억지나 딴지를 놓는 경우들이 많다. "철수는 영희에게 보였다."와 같은 문장들이 전자(前者)의 예이고, 작가나 기자들의 글 중에서 흠결이 사소한 부분들을 의도적으로 과장해서 지적하는 방식이 후자(後者)의 예다. 둘 중 어느 쪽이든, '글을 잘 쓰고 싶어 하는' 현실 속 대다수 사람이 실제로 글을 쓸 때 저지를 만한 실수들이 아니다.

▶ 이 책에 나온 모든 [잘못된 문장]들은, 실화다!

이 책은 글을 잘 쓰고 싶어 하는 현실 속의 일반적인 사람들이 **실제 글을 쓸 때 저질렀던 실수들을 예문으로 제시**하고, 그를 어떻게 더 나은 방식으로 고칠 수 있는지를 제시한다. 그런 차원에서 이 책은 속칭 **"잘못된 문장 고치기의 실사판"**이라고 할 수 있다. 필자는 십수 년간 대입 수험생을 비롯해 대학생, 취업 준비생, 여러 분야의 사회인 등 성인 내외의 사람들에게 글쓰기를 가르쳐 왔다. 이 책에 등장하는 [오늘의 잘못된 문장]은 모두 필자의 수강생들이 직접 현장에서, 또는 과제로 제출

한 글들에서 발췌했다. 한마디로 이 책의 등장하는 예문들은 모두 실존하는 문장들이며 소위 '실화'다! 그렇기 때문에 **이 책에서 지적하는 잘못된 문장들은 온·오프라인 공간에서 실제로 벌어지는 사건·사고들이고, 언제든 이 글을 읽는 당신도 저지를 수 있는 실수·오류들인 셈이다.** 그리고 바로 이러한 점들이 본서(本書)가 시중의 여타 글쓰기 책들과 명백히 다른 부분이다.

▶ [잘못된 문장]을 20개의 유형별로 공부한다

필자가 십수 년간 글쓰기를 가르치면서 깨달은 바인데, 사람들이 글을 잘못 쓰는 방식에는 분명히 유형이 존재한다. 그리고 그 유형은 국어의 문법, 그중에서도 문장성분의 쓰임새와 상당히 긴밀하게 연관된다(참고로 문장성분은 주어, 서술어, 목적어, 보어 등처럼 문장을 구성하면서 나름의 기능을 하는 각각의 단위들을 통칭하는 말이다).

이 책에서는 글을 쓸 때 문장에 문제가 발생하는 원리들을 총 20개로 나누어 설명했다. **원리 1개당 1챕터(Chapter)로 구성했으므로, 하루에 1챕터씩 읽는다면 정확히 20일 만에 '글 잘 쓰는 법칙 20개'를 완전히 자기 것으로 습득할 수 있다.** 토요일·일요일을 합친 주말 8일과 (자체)공휴일 1~2일 정도를 제한다고 가정했을 때 대략 한 달 정도만 공부하면 완성될 분량이다.

문법과 문장성분이라는 얘기에 갑자기 질겁할 독자들도 있을 듯하다. 그러나 걱정하지 않아도 좋다. **문법과 관련한 이론 얘기는 필요 최소한도로 줄인 데다, 그마저도 국어 이론과 덜 친한 사람들조차 매우 쉽고 빠르게 이해할 수 있을 만큼 핵심 중의 핵심만 정리했다.** 장담하건대 이 책을 읽고도 국어 문법이 어렵다고 생각된다면 우리나라에서 출간된 그 어떤 글쓰기 책을 읽더라도 난해하다고 느낄 것이다. 두려워 말고 한번 읽어보기를 권한다. 낯설기만 했던 국어 이론이나 문법, 문장성분 등이 어느덧 친근하게 느껴질 것이다.

▶ 최소한의 시간 투자로, 최대치의 글쓰기 능력 향상

필자는 복잡하고 난삽하게 공부하는 것이 딱 질색이다. 학생 때도 그랬고, 교육자가 되어서도 마찬가지로 언제나 효율적으로 공부하려고 애썼다. 이 책은 그러한 필자의 가치관 및 철학을 글쓰기 방법에 관해 집대성한 결과물이다. 이 책에서 제시한 [잘못된 문장 유형 20개]만 조심한다면 웬만해서는 글을 쓸 때 문장이 어색해진다거나, 문장에 오류가 생기는 일은 없을 것이다. 그만큼 글쓰기 방법 중에서 요체라고 할 만한 것들만 전부 정리했다.

　진심으로, 이 책을 읽는 모두가 '아주 짧은 시간' 안에 괄목상대할 만
할 정도로 글을 잘 쓰는 사람들이 되었으면 한다. 글쓰기에 절대적인 왕
도는 없다지만, 이 책이 그나마 사람들에게 다른 글쓰기 방법론 책보다
상대적인 왕도가 되었으면 하고 간절히 바란다. 글 한번 제대로 쓰고 싶
어 하는 모든 분께 필자가 직접 첨삭하고 고쳐 쓴 책 속 문장들 하나하
나가 비록 작지만, 무척 선명한 이정표가 될 수 있다면 필자로서는 더할
나위가 없을 것이다.

목차

VII. 띄어쓰기 정복하기

I. 문장의 주성분들 정복하기

1. 주어 정복하기

[1] 은둔과 노출이 변화무쌍한
주어를 장악하라

한국말에는 주어를 생략해도 무방할 때가 많다. 예를 들어 "글을 잘 쓰고 싶어! 어떻게 하면 좋지?"란 문장에서 주어는 없다.

그러나 보는 사람은 누구나 주어가 무엇인지 안다. 보나 마나 '나'가 주어다. 생략됐을 뿐이다. 그래도 소통이 된다. 종종 주어가 은둔, 즉 숨어버리는 것이 한국말의 특징이다.

반면 한국말에는 주어가 둘 이상 등장할 때도 있다. 예를 들어 "글 실력이 일취월장한 그녀와 그는 이제 제법 의기양양해졌다."란 문장에서 주어는 '그녀'와 '그' 둘이다. 그리고 이들은 서술어를 하나로 공유한다. 반면 주어가 둘 이상이면서 주어마다 서술어가 달라져야 하는 경우도 있다.

예를 조금 바꿔서, "글 실력이 일취월장한 그녀는 의기양양해진 반면, 그렇지 못한 그는 늘 의기소침하다."란 문장을 보면 주어는 '그녀'와 '그' 둘이다. 하지만 각 주어에 호응하는 서술어는 서로 다르다. 이렇듯 주어가 종종 둘 이상이어서 그들을 명시해야만 의미가 명확해지는 것, 그것도 역시 한국말의 특징이다.

주어가 한 개인지 두 개 이상인지 그 개수는 해당 주어를 생략할지를 결정짓는 데 중요한 사항이 아니다. 주어를 생략할지 말지 판단 기준이 되는 것은 **'해당 주어를 생략하더라도 뜻을 전달하는 데 지장이 없는지'** 여부다. 주어를 없애도 문장의 의미가 왜곡되지 않는다면 주어는 없어도 괜찮다.

이번 장(章)의 예문은 2개이고, 총 3문장이다. 공교롭게도 각 문장 모두 '주어'와 관련하여 문제가 있다.

왜 문제인지 핵심 쟁점만 일단 정리해본다. 먼저 첫 번째 예문에서 첫째 문장은 **'있어야 할 주어가 사라져서'** 문제고, 둘째 문장은 **'성격이 서로 다른 주어가 서술어를 하나로 공유해서'** 문제다. 반면 두 번째 예문, 즉 셋째 문장은 앞의 수식을 받는 **'주어가 이중, 삼중으로 존재'**해서 문제다. 쉽게 정리하자면 주어가 제멋대로, 숨거나 야합하거나 노출돼서 문제가 된 상황들이다.

우선 [오늘의 잘못된 문장]을 전체적으로 고치면 다음과 같다. 일단 수정된 전체 글을 보기 전에, 스스로도 한번 생각해보자. [오늘의 잘못된 문장] 예문의 각 문장 속에서 어느 부분이 어떻게 '주어'를 잘못 사용한 문장들인지 말이다.

오늘의 잘못된 문장 - 다시보기

"보수 진영은 안정 지향적이고 진보는 모험적이라, ① 대부분의 현안에 대해 이건으로 다투기 일쑤다. 그러나 그저 반대편이라는 이유 그 자체만으로 상대방을 힐난하는 ②-1 정치 현실과 그에 편승하는 일부 무뢰배 시민들이 ②-2 넘쳐난다."

③ "조사 결과 합법적인 절차를 지키지 않고 감행된 집회가 20건 이상, 집단 시위는 10건가량, 1인 시위는 5건이나 되었다."

오늘의 잘못된 문장 - 고쳐 쓰기 1

"보수 진영은 안정 지향적이고 진보는 모험적이라, ① 그 두 진영은 대부분의 현안에 대해 이건으로 다투기 일쑤다. 그러나 그저 반대편이라는 이유 그 자체만으로 상대방을 힐난하는 ②-1 정치 현실이 만연하고, 그에 편승하는 일부 ②-2 무뢰배 시민들도 넘쳐난다."

③ "조사 결과 합법적인 절차를 지키지 않고 감행된 정치참여로서, 집회가 20건 이상, 집단 시위는 10건가량, 그리고 사실상 집단 시위로 판결된 1인 시위는 5건이나 되있다."

"보수 진영은 안정 지향적이고 진보는 모험적이라, ① 그 두 세력은 대부분의 현안에 대해 이견으로 다투기 일쑤다. 그러나 그저 반대편이라는 이유 그 자체만으로 상대방을 힐난하는 ②-1 정치 현실이 만연하고, 그에 편승하는 일부 ②-2 무뢰배 시민들도 대다수다."

③ "조사 결과 합법적인 절차를 지키지 않고 감행된 국민의 정치참여로서, 집회가 20건 이상, 집단 시위는 10건가량, 그리고 사실상 집단 시위로 판결된 1인 시위는 5건이나 되었다."

● ① 부분:

본래 예문의 문장을 보면 "대부분의 현안에 대해 이견으로 다투기 일쑤다."라는 문구의 주어가 없다. 앞에서 '보수 진영'과 '진보'라는 주어를 이미 사용했기 때문인지, 무의식적으로 그 뒤에 이어지는 말에서 주어를 생략해버린 것이다. 그러나 이렇게 주어를 생략해버리면 뜻이 모호해진다. '이견으로 다투'는 주체가 누구(혹은 무엇)인지 알 수 없기 때문이다. 물론 앞의 문구를 통해 추측할 수는 있다. 아마 '보수 진영'과 '진보' 둘 모두를 아우르는 말, '그들'을 주어로 염두에 두었던 것이리라. 그러나 그렇게 적시하지 않았다면 결국 형식 논리상 흠결이 있는 표현이다.

한국어는 주어를 생략하는 것이 쉽다 보니 이처럼 주어를 빠트리지 않아야 할 때임에도 불구하고 본의 아니게 놓치는 경우가 꽤 흔하다. 의미를 명확히 하기 위해서 '그들' 혹은 '그 두 진영(아니면 '그 두 세력')'이라고 분명히 주어를 써넣어야 한다. 전자(前者)는 주어를 대명사로 간단히 처리한 경우고, 후자(後者)는 주어를 보다 구체적이고 새롭게 재(再)표현한 경우이다. 둘 중 어떤 방식을 택할지는 자유다.

● ② 부분:

본래 예문의 문장, "그러나 그저 반대편이라는 이유 그 자체만으로 상대방을 힐난하는 정치 현실과 그에 편승하는 일부 무뢰배 시민들이 넘쳐난다."에서 주어는 '정치 현실'과 '무뢰배 시민들' 둘이다. 대신 서술어는 '넘쳐난다' 하나다. '정치 현실'과 '무뢰배 시민들'이란 두 개의 주어가 '넘쳐난다'라는 하나의 서술어를 같이 쓰고 있는 것이다. 논리적으로 두 개 이상의 주어들이 서로 같은 서술어를 사용할 수는 있다. 단, 그 주어들이 모두 해당 서술어랑 조응해야 한다. 만약 주어 중에 하나라도 해당 서술어와 조응하지 않는다면, 그 주어에 맞는 다른 서술어가 추가되어야 한다.

일단 '무뢰배 시민들'은 서술어 '넘쳐난다'와 잘 조응한다. 그래서 이 부분은 딱히 문제가 아니다(다만 '넘쳐난다'가 문어체로서 격이 떨어진다고 생각한다면 '대다수다' 등으로 바꿔 표현할 수는 있겠다).

그러나 '정치 현실'이란 주어는 '넘쳐난다'와 잘 호응되질 않는다. '넘쳐난다'는 "돈이 넘쳐난다."처럼 다소 형이하학적으로 인지 가능한 대상물의 숫자가 많아질 때거나, "흥이 넘친다."처럼 기운이나 기분이 긍정적인 측면으로 발산할 때는 사용할 수 있지만, '힐난하는 정치 현실'처럼 추상적·관념적인 현상이 부정적으로 확산된 상태를 표현하는 데는 적합하지 않다.

'힐난하는 정치 현실'이란 말에 더욱 잘 어울리는 서술어가 필요하다.

그래서 고쳐봤다. "만연(蔓延)하다"로. '만연하다'라는 말은, "이기주의가 만연하다." "전염병이 만연했다."처럼 부정적이면서 동시에 추상·관념적인 현상이 도처에 퍼져있을 때 딱 쓰기 좋은 말이다.

● ③ 부분:

여기서 주어는 3개다. '집회' '집단 시위' '1인 시위'가 그것이다. 그리고 원래 예문은 이 세 개의 주어를 1개의 관형절("합법적인 절차를 지키지 않고 감행된")로 꾸며주려고 했던 것 같다. 그러나 본래 문장 그대로라면 이러한 수식 의도는 실패다. 당해 관형절이 적용되는 주어의 범위가 어디까지일지 애매하기 때문이다. "합법적인 절차를 지키지 않고 감행된" 것이 '집회'까지인지, '집단 시위'까지인지, 나아가 '1인 시위'까지인지 분명하지 않다[게다가 당해 관형절을 '1인 시위'까지 적용하려는 의도였다면 내용 자체도 틀린 것이 된다. 현행법상 '1인 시위'는 (진짜 혼자 하는 시위가 맞다면) 「집회 및 시위에 관한 법률」 요건을 준수할 필요가 없다. 따라서 '합법적인 절차' 여부를 따지는 건 모순이다].

형식 논리로만 판단하자면 이 수식은 '집회'까지만 적용된다고 보는 것이 맞다. 만약 주어 3개 모두를 다 꾸미고 싶다면 문장을 수정해야 한다. 우선 이 3개의 주어를 통칭할 수 있는 개념어를 만들고, 이 개념어를 관형 구절인 "합법적인 절차를 지키지 않고 감행된" 뒤에다 붙이는 것이 맞다. 고쳐 쓴 문장에서 '정치참여로서'란 부분이 바로 그 개념어의 예시다(쉼표까지 붙이는 것이 더 옳다. 당해 개념어가 뒤에 열거될 주어들을 한데 묶어준다는 인상을 줄 수 있기 때문이다).

집시법이 적용되지 않는 '1인 시위'의 특성을 고려해 '1인 시위'라는 주어만 따로 꾸미고 싶다면, 앞의 예시처럼 그 부분까지 수정해도 무방하다. 고쳐 쓴 문장에서 "사실상 집단 시위로 판결된"이란 부분이 바로 그 예시다(형식 논리만이 아니라, 내용 차원까지 완벽성을 기한다면 이 부분 역시 고쳐 쓰는 것이 지적으로 양심이 있는 행위라 생각한다).

살펴봤듯이 한국어에서 주어는 변화무쌍하다. 주어가 없어도 괜찮을 때가 있고, 주어가 반드시 있어야 할 때도 있다. 2개 이상의 주어가 서술어 1개로 일심 단결할 때가 있고, 주어마다 서술어가 달라져야 할 때도 있다. 또 여러 개의 주어를 한꺼번에 수식하고 싶을 때 수식을 받는 주어의 범위를 정확히 규명해야 할 때가 있다.

주어는 서술어와 함께 문장의 근간이 되는 필수 핵심 성분이다. 이같이 변화무쌍한 주어를 자신이 의도하는 취지에 맞게 최근 유행하는 시쳇말마따나 '낄끼빠빠'할 줄 아는 능력이 있다면, 본인의 글쓰기 실력과 문장력도 그만큼 견고해질 것이다. **주어는 낄 때 끼어있고 빠질 땐 빠져 있어야 글의 본의와 모양새가 완전할 수 있다.**

[2] 대명사나 지시어 사용의 적정수위 문제

오늘의 잘못된 문장

사례 1

"소설 속 등장인물인 재근은 오랫동안 자신의 이상과 희망을 실현시키려 노력해왔다. 그러나 재근은 자신의 이상과 희망을 실현시키려고 노력하는 일이 차츰 무의미하다는 생각을 하기 시작했다. 그리고 거기가 바로 문제의 발단이 되었다."

사례 2

"진정성 있는 사람이라면 언제가 되었든 자신의 진심을 행동으로 보여주겠지만, 그렇지 않은 사람이라면 언제가 되더라도 그럴 리가 없을 것이다."

– 〈크리티카 논술·구술면접 아카데미〉 수강생의 글 中

글을 쓰거나 말을 할 때 같은 내용을 두 번 이상 반복해야 하는 경우가 있다. 그런데 인간은 희한하게도 똑같은 표현을 두 번 이상 보거나 들으면 그 표현이 왠지 밋밋하게 느껴지기도 하고, 전혀 멋스럽다는 생각도 안 한다. 또 그 내용이 다소 길거나 복잡하다면 그를 두 번 이상 반복하는 것은 표현의 효율성도 떨어진다. 보거나 듣는 사람도 길고 복잡한 내용이 반복된다면 그를 이해하는 데 어려움을 겪을 것이다.

이러한 경우를 대비해서 모든 언어에는 '**대명사**'와 속칭 '**지시어**'가 존재한다. 둘 모두 앞선 내용을 짧고 간단하게 지칭함으로써 표현의 효율성을 기하고, 상대방의 이해를 돕는다. 재치 있게 사용한다면 표현에 멋스러움도 가미할 수 있다.

우선 '**대명사**'는 **사람이나 사물 또는 장소를 대신해서 쓰는 말**이다. 사람을 대신해서 쓰는 말을 '인칭 대명사'라고 하고, 사물이나 장소를 대신해서 쓰는 말을 '지시 대명사'라고 한다. 인칭 대명사의 예로는 '나' '너' '그' '그녀' '우리' '저희' '너희' '자네' '누구' 등이 있다. 지시 대명사의 예로는 '이' '저' '그' '이것' '저것' '그것' '무엇' '여기' '저기' '거기' '어디' 등이 있다.

한편 '**지시어**'는 **문맥 내에서 주로 어떤 말을 가리킬 때 쓰이는 말**이다. 지시어는 부사어나 관형어, 서술어, 혹은 명사로도 이뤄질 수 있다. 예를 들어 '이렇게' '저렇게' '그렇게/'이만큼' '저만큼' '그만큼/'이처럼' '저처럼' '그처럼' 등은 부사어로, '이러한' '저러한' '그러한' 등은 관형어로 이뤄진 지시어다. 그리고 '이러하다, 저러하다, 그러하다' 등은 서술어로 이뤄진 지시어이고, '전자(前者), 후자(後者)/위, 아래, 상, 하/좌, 우, 좌측, 우측, 왼쪽, 오른쪽' 등은 사실상 명사이지만 지시어로도 쓰일 수 있는 것들이다.

이렇듯 대명사나 지시어는 무엇인가를 대신하여 표현할 때 무척 요긴하게 쓰일 수 있다. 그것이 대명사와 지시어의 존재 이유이고, 특유한 장점이다.

그러나 이처럼 대명사나 지시어가 가진 대리적(代理的)인 성격 때문에 단점도 있다. 대명사나 지시어를 남용하거나 적절하지 못한 지점에서 사용하면, 표현하려는 내용이 모호해져서 상대에게 뜻을 제대로 전달할 수 없게 된다.

이번 장(章)에서 살펴볼 [오늘의 잘못된 문장]은 바로 이 대명사 및 지시어와 관련한 예시들이다. 사례 1 문장은 **대명사를 쓰면 좋을 상황에서 대명사를 활용하지 못했다거나, 잘못된 대명사를 쓴 사례**다. 반면 사례 2 문장은 **지시어를 오·남용한 사례**다. 한마디로 사례 1은 대명사의 장점을 추구하지 못한 경우이고, 사례 2는 지시어의 단점이 드러난 경우이다.

앞의 두 경우를 바탕으로 대명사나 지시어를 어떻게, 얼마만큼 써야 올바른지 알아보도록 하자.

오늘의 잘못된 문장 - 다시보기

사례 1

"소설 속 등장인물인 재근은 오랫동안 자신의 이상과 희망을 실현시키려 노력해왔다. 그러나 ① 재근은 자신의 이상과 희망을 실현시키려고 노력하는 일이 차츰 무의미하다는 생각을 하기 시작했다. ② 그리고 거기가 바로 문제의 발단이 되었다."

사례 1 문장 중 문제가 있는 부분은 ① '재근은 자신의 이상과 희망을 실현시키려고 노력하는 일'과 ② "그리고 거기가 바로 문제의 발단이 되었다."다.

①의 문제점은 이미 앞 문장에 나와 있는 긴 문구('재근은 자신의 이상과 희망을 실현시키려고 노력')를 한 번 더 반복했다는 데에 있다. 똑같은 표현이 두 번 이상 이뤄진 셈이다. 그것도 짧은 표현도 아니라 긴 문구로 말이다. 그래서 문장이 왠지 밋밋하게 느껴지고, 멋스러움이 적어 보인다.

따라서 그 긴 문구('재근은 자신의 이상과 희망을 실현시키려고 노력')를 간단히 대명사로 바꿔 쓰는 게 낫다. 여기서는 '그'와 '그것' 같은 대명사가 적절하다. 대명사로 바꾸면 문장의 길이가 효율적으로 압축되고, 그렇기 때문에 읽는 사람도 글을 이해하기가 한결 편해진다. 그와 같은 방식으로 사례 1 문장의 ① 부분을 고치면 다음과 같다.

오늘의 잘못된 문장 - 사례 1 고쳐 쓰기 Ⅰ

"소설 속 등장인물인 재근은 오랫동안 자신의 이상과 희망을 실현시키려 노력해왔다. 그러나 ① 그는 그 일이(그는 그것이) 차츰 무의미하다는 생각을 하기 시작했다. 그리고 그때가 바로 문제의 발단이 되었다."

이제 사례 1의 ② 부분을 살펴보자. ②의 문제점은 '거기'("그리고 거기가 바로 문제의 발단이 되었다.")라는 대명사가 문맥상 어울리지 않는다는 것이다. '거기'는 주로 장소(處)와 관련된 사항을 지칭할 때 사용하는 대명사다. 반면 사례 1 문장은 재근이라는 사람의 행동 및 사고·생각에 관해 얘기하는 중이다. 그래서 장소를 지칭하는 대명사보다는, 행동이나 사고·생각과 관련한 표현이 어울린다.

이 경우에는 '그때'라는 명사를 쓰는 것이 낫다. '그때'는 본래 '그'라는 대명사와 '때'라는 명사를 같이 쓰는 일이 일종의 관행 또는 관습처럼 변해서, 대명사와 명사가 하나의 단어로 합쳐진 말이다. 사람들이 흔히 '그때'를 대명사로 오해하는데 엄밀히 말해 '그때'는 하나의 단어로서, 명사다. 이와 같은 방식으로 사례 1 문장의 ② 부분을 고치면 다음과 같다.

오늘의 잘못된 문장 - 사례 1 고쳐 쓰기 Ⅱ

"소설 속 등장인물인 재근은 오랫동안 자신의 이상과 희망을 실현시키려 노력해왔다. 그러나 ① 그는 그 일이(그는 그것이) 차츰 무의미하다는 생각을 하기 시작했다. ② 그리고 그때가 바로 문제의 발단이 되었다."

지금부터는 지시어를 오·남용한 사례에 대해 살펴보자. 바로 사례 2 문장이다. 사례 2 문장 중 지시어가 쓰인 부분은 두 곳이다. 첫 번째는 '그렇지 않은 사람'과 두 번째는 '그럴 리가 없을 것'이다. '그렇지'와 '그럴 리'가 바로 지시어다.

오늘의 잘못된 문장 - 다시보기

사례 2

"진정성 있는 사람이라면 언제가 되었든 자신의 진심을 행동으로 보여주겠지만, 그렇지 않은 사람이라면 언제가 되더라도 그럴 리가 없을 것이다."

문제는 지시어가 한 문장 안에 2개나 쓰였다는 점이다. 앞서도 얘기했듯이 지시어는 앞선 내용 중 전부나 일부를 대신하는 역할을 한다. 그런데 이렇게 대리적(代理的)인 표현이 한 문장 안에 여러 개가 등장해버리

면 앞 내용 중 어느 부분까지가 어떤 지시어에 해당되는지 경계가 모호해진다. 따라서 상대방이 뜻을 파악하는 데 어려움을 겪는다.

사례 2는 '그렇지'와 '그럴 리', 이 두 개의 지시어를 한 문장 안에서 한꺼번에 쓰는 바람에 '그러한' 사항이 도대체 앞 문장 중 어느 부분들을 얘기하는지 서로 경계가 불분명해진 것이다.

물론 대충은 이해가 된다. 첫 번째의 '그렇지'는 앞에서 얘기한 내용 중 "진정성 있는"을, 그리고 두 번째 '그럴 리'는 앞 내용 중 "진심을 행동으로 보여주(는)"을 대신·대리하기 위해 쓴 것일 테다. 그러나 이건 읽고 듣는 사람이 부러 그렇게 추측한 깃일 뿐, 쓰고 말하는 사람이 정확하게 표현해준 것은 아니다. 바꿔 말해 쓰고 말하는 사람이 정확하게 표현해줬다면 애당초 읽고 듣는 사람이 수고로울 필요가 없을 일이었다. 내가 개떡처럼 말해도 상대가 찰떡처럼 알아듣길 막연히 바라는 것보다, 차라리 처음부터 찰떡을 주는 것이 더 나은 언어생활이라 생각한다.

결국 이와 같은 논리로 사례 2 문장을 고치면 다음과 같다. 먼저 첫 번째 부분('그렇지 않은 사람')만 지시어로 활용한 예다.

> **오늘의 잘못된 문장 - 사례 2 고쳐 쓰기 Ⅰ**
>
> "진정성 있는 사람이라면 언제가 되었든 자신의 진심을 행동으로 보여주겠지만, 그렇지 않은 사람이라면 언제가 되더라도 **자신의 진심을 행동으로 보여줄 리가 없을 것이다.**"

다음은 두 번째 부분('그럴 리가 없을 것')만 지시어로 활용한 예다.

오늘의 잘못된 문장 - 사례 2 고쳐 쓰기 Ⅱ

"진정성 있는 사람이라면 언제가 되었든 자신의 진심을 행동으로 보여주겠지만, **진정성이 없는 사람**이라면 언제가 되더라도 그럴 리가 없을 것이다."

살펴봤듯이 지시어는 가급적 한 문장에 1개를 쓰는 게 적당하다. 그다지 권하고 싶지는 않지만 만약 지시어를 굳이 2개 이상 쓰고 싶다면, 문장을 분별해서 문장마다 지시어를 할당하는 것이 낫다. 그것이 표현의 뜻을 명확히 밝히는 길이고, 상대에게 혼란을 주지 않는 방식이다.

대명사와 지시어를 활용하면 글을 쓰거나 말을 할 때 무척 편리하다. 본인만 편한 것이 아니라 그를 보고 듣는 상대방도 뜻을 이해하는 데 도움이 된다. 그러나 세상만사가 그렇듯이 대명사와 지시어를 활용하는 데에도 소위 **적정수위**가 있다. 편리하다고 제멋대로 사용하면 대명사와 지시어의 장점을 제대로 발휘할 수 없게 되고, 심할 경우 사용하지 않느니만 못할 수도 있기 때문이다. **뜻을 전하는 사람 입장에서 편의성을 추구할 수 있는 동시에 뜻을 받아들이는 사람 측에서도 의미를 이해하는 데 전혀 불편함을 겪지 않을 수준, 그 지점이 바로 대명사·지시어 사용의 적정수위다.**

2. 서술어 정복하기

[1] 명사형 표현이 과하면
국어의 서술성이 약해진다

국어는 서술어가 무척 발달한 언어이다. 국어에서 서술어는 대개 동사나 형용사인데, 그 끝에 어미(語尾)를 붙여 형태와 의미가 변화무쌍하다. 국어는 이처럼 서술어가 다양하고 유연하게 변하기 때문에 다른 언어들보다 의미를 섬세하게 표현할 수 있다. 예를 들어 '웃다'라는 동사와 '즐겁다'라는 형용사에 어떤 어미를 붙이느냐에 따라 동사와 형용사의 기본 꼴이 얼마나 다채롭게 변화되는지는 다음을 보면 쉬이 알 수 있다.

● 웃다 [동사]:

웃고/웃지/웃어서, 웃으니까/웃듯이/웃든지/웃던지/웃어도, 웃을지라
도, 웃더라도/웃느니/웃게/웃을까/웃니, 웃냐/웃는데/웃으면/웃는구나/
웃나 등

● 즐겁다 [형용사]:

즐겁고/즐겁지/즐거워서, 즐거우니까/즐겁듯이/즐겁든지/즐겁던지/즐
겁고, 즐거울지라도, 즐겁더라도/즐거우니/즐겁게/즐거울까/즐겁니, 즐겁
냐/즐거운데/즐거우면/즐겁구나/즐겁나 등

대충 생각해볼 수 있는 예시들만 해도 이 정도다. 밑줄 친 것들이 전
부 어미이다. 간단한 예시들이지만 이것만 봐도 국어에서 서술어가 굉장
히 유연하게 변한다는 것과, 그에 따라 상당히 폭넓게 그리고 미묘하게
여러 가지로 의미를 발현시킬 수 있다는 것을 알 수 있다. 그래서 서술
어가 강한 성향, 즉 **'서술성'이야말로 국어를 대표하는 특징이다.** 그러므
로 국어를 잘하고 싶다면 문장을 구성할 때 국어 특유의 서술성을 부각
할 줄 알아야 한다.

이번 장(章)에서 살펴볼 [오늘의 잘못된 문장]의 사례 1과 2는, **명사형
표현을 지나칠 정도로 많이 쓰는 바람에 문장의 서술어가 역동성을 잃
고 뜻이 관념적으로 변질된 경우**들이다. 특히 사례 1은 **명사를 만드는
접미사나 명사 구실을 하게 하는 어미들을 남용**하였고, 반면에 사례 2
는 **명사로 된 단어들을 조사로 자연스럽게 연결하지 않은 채 투박하게**

나열하였다. 결국 두 사례 모두 국어의 서술성을 해쳤고, 그로 인해 글 쓴이가 말하고자 하는 바가 추상적이어서 보는 이가 읽기도 힘들고 이 해하기도 힘들다. 사례들을 하나씩 무엇이, 그리고 왜 문제인지 더 상세 하게 분석해보자.

오늘의 잘못된 문장 - 다시보기

사례 1

"꿈을 이루기 위해 ① 간절함과 절실함이 필요하다는 것은 ② 아무리 강조 해도 지나침이 없다. 소설 속 등장인물의 ③ 가장 큰 문제점은 습관적인 무기력증과 회피성 선택이었다. 그는 ④ 희망이 있었음에 행복했던 시절 이 있었다. … (중략) … ⑤ 이 책을 읽은 뒤 갖게 된 것은 행복이라는 주제 에 대한 호기심이었다."

사례 1번 문장의 문제점은 크게 두 가지다.

첫째, 동사나 형용사에 명사 구실을 하게 하는 어미 '-ㅁ'을 붙여서 동 사나 형용사를 죄다 명사로 치환시켰다. 사례 1번 문장에서 밑줄 친 부 분 중 ① 간절함/절실함, ② 지나침, ④ 있었음 부분이 이에 해당한다.

둘째, 명사를 만드는 접미사 '-증(症), -성(性)' 등을 연이어 사용하였고, 목적어나 보어로 쓰면 자연스러웠을 명사를 굳이 서술어로 만들었다. 전자(前者)는 사례 1번 문장에서 밑줄 친 부분 중 ③ 무기력증/회피성 부 분이고, 후자(後者)는 ⑤ 호기심 부분이다.

그럼 ①부터 ⑤까지 하나씩 살펴보자.

● **①과 ② 부분:**

'간절함'은 '간절하다'라는 형용사에 명사형 어미 '-ㅁ'을 붙인 것이다. '절실함'도 '절실하다'라는 형용사에 명사형 어미 '-ㅁ'이 붙은 것이다. 한편 '지나침'은 '지나치다'라는 동사에 명사형 어미 '-ㅁ'이 붙은 경우다. 동사이냐 형용사이냐 차이가 있지만, 어찌 되었든 '간절함' '절실함' '지나침'은 모두 명사형 표현들이다.

그런데 이 세 개가 한 문장 안에 다 들어있다. 명사형 표현이 무조건 바람직하지 않은 것은 아니다. 그러나 문장 하나에 명사형 표현을 세 개나 쓴 것은 과하다. 게다가 ② 부분은 영어 "~ too ~ to" 용법을 한국어 형식으로 번역한 것으로서, 국어 고유의 표현 방식과는 어감상 썩 맞지 않는다.

따라서 ①과 ② 중에서 적어도 한 개 부분 이상은 본래 품사였던 동사나 형용사의 성질을 보다 부각하는 방식으로 바꿔주는 것이 낫다. 예를 들어 ① '간절함과 절실함' 부분은 "간절하고 절실한 마음(자세/태도)"로 고치거나, ② '아무리 강조해도 지나침이 없다' 부분은 "아무리 강조해도 지나치지 않는다."/"무엇보다 중요하다."/"핵심이다." 등으로 고칠 수 있다.

● **③ 부분:**

'무기력증'은 '무기력'이라는 명사에 명사를 만드는 접미사 '-증(症)'을 붙인 것이고, '회피성'도 '회피'라는 명사에 명사를 만드는 접미사 '-성(性)'을 붙인 것이다. '-증'과 '-성'은 국어에서 명사를 만들 때 자주 사용하는 접미사다(우울증, 궁금증 등/오락성, 교훈성 등). 이런 접미사를 활용하면 단어를 '개념화'하기 좋다. 개념화된 표현은 말하고자 하는 바의 핵심을 압축하고 정제시켜서 상대에게 전달할 수 있다는 장점이 있다.

그러나 개념화는 한편으로 단점도 있다. 핵심이 압축·정제되다 보니 내용이 관념적이고 추상적으로 변해서 너무 자주 등장하면 읽거나 듣는 사람이 이해하기 불편하다. 지금 논의하는 ③ 부분이 정확히 이에 해당한다.

'습관적인 무기력증'과 '회피성 선택'처럼 개념화된 명사형 구절들이 연달아 등장해서 읽는 이를 부담스럽게 한다. 두 구절 중 한 구절만이라도 '개념화' 방식이 아니라, 약간은 '구체화'하는 식으로 바꿔주는 것이 낫다. 예를 들어, 앞쪽을 "가장 큰 문제점은(문제는) 습관적으로 무기력해 한다는 것과"로 고치거나, 아니면 뒤쪽을 "(무엇이든) 회피하듯(회피하는 식으로) 선택하는 경향(성향)이 있다는 것"으로 고칠 수 있다.

● ④ 부분:

조금 전에 설명한 ①·② 부분과 마찬가지로, ④도 명사형 어미 '-ㅁ'을 활용했다. '있다'라는 동사의 과거형 '있었다'에 명사 구실을 하게 만드는 어미 '-ㅁ'을 붙여 '있었음'이라고 쓴 것이다. 그러나 '있었음에'는 무엇인가에 관해 이유를 말하는 표현으로서 어색하다. 명사가 발달한 외국어 문장을 마치 국어로 서툴게 옮겨놓은 것처럼 번역 투 문장이다. 따라서 이 부분 역시 국어의 서술성을 강화하는 식으로 고치는 편이 낫다. 예를 들어 "희망이 있었기 때문에"나 "희망이 있었던 탓에", 아니면 더 간단하게는 "희망이 있었기에" 등으로 고칠 수 있다.

● ⑤ 부분:

⑤ 부분은 "호기심이었다."가 전체 문장에서 서술어 역할을 하고 있다. 문장 ⑤ 부분을 아주 간단하게 주술 구조로 바꿔보면 이렇다.

"이 책을 읽고 갖게 된 것은 행복이라는 주제에 대한 호기심이었다."

'호기심'은 명사다. 이 명사가 앞에 언급된 문장의 사실상 서술어다. 이 장(章) 초반부에서도 말했듯이 서술어는 대개 동사나 형용사일 때 국어의 서술성도 진가를 발휘한다. 동사나 형용사는 명사형 표현보다 의미를 더욱 역동적이고 실질적으로 구체화할 수 있기 때문이다. 따라서 ⑤ 부분도 서술어를 명사가 아니라 동사 혹은 형용사로 바꿔 쓰는 편이 낫다.

그런데 ⑤ 부분은 애당초 주어절을 "… 갖게 된 것은"으로 써버리는 탓에 서술어까지 어쩔 수 없이 명사형이 될 수밖에 없었다. 그러므로 서술어를 동사 혹은 형용사로 바꾸기 위해서는 주어절("… 갖게 된 것은")의 표현 방식도 같이 바뀌어야 한다. 예를 들어서 주어절 "이 책을 읽고 갖게 된 것은"은 "이 책을 읽은 뒤(後)"라는 부사절로 바꾸고, 서술절 "행복이라는 주제에 대한 호기심이었다."는 명사형 구절을 "행복이라는 주제에 대해 호기심이 생겼다.(호기심을 가졌다.)"라는 동사형 구절로 고칠 수 있다.

①~⑤까지 분석한 내용을 바탕으로 사례 1번 문장을 고쳐 쓰면 다음과 같다.

오늘의 잘못된 문장 - 사례 1 고쳐 쓰기

(1) "꿈을 이루기 위해 ① 간절하고 절실한 마음이 필요하다는 것은 ② 아무리 강조해도 지나치지 않는다. 소설 속 등장인물의 ③ 가장 큰 문제점은 습관적으로 무기력해 한다는 것과 회피하듯 선택하는 경향이 있다는 것이었다. 그는 ④ 희망이 있었기 때문에 행복했던 시절이 있었다. … (중략) … ⑤ 이 책을 읽은 뒤 행복이라는 주제에 대해 호기심이 생겼다."

(2) "꿈을 이루기 위해 ① 간절하고 절실한 자세가 필요하다는 것은 ② 무엇보다 중요하다. 소설 속 등장인물의 ③ 가장 큰 문제점은 습관적으로 무기력해 한다는 것과 회피하는 식으로 선택하는 성향이 있다는 것이었다. 그는 ④ 희망이 있었던 탓에 행복했던 시절이 있었다. … (중략) … ⑤ 이 책을 읽은 후 행복이라는 주제에 대해 호기심을 가졌다."

(3) "꿈을 이루기 위해 ① 간절하고 절실한 태도가 필요하다는 것은 ② 핵심이다. 소설 속 등장인물의 ③ 가장 큰 문제점은 습관적으로 무기력해 한다는 것과 회피하는 식으로 선택하는 성향이 있다는 것이었다. 그는 ④ 희망이 있었던 탓에 행복했던 시절이 있었다. … (중략) … ⑤ 이 책을 읽은 후 행복이라는 주제에 대해 호기심을 가졌다."

사례 2번 문장에서는 명사들을 조사로 자연스럽게 연결하지 않고, 글쓴이가 작위적으로 단어들을 이어 붙여 무리해서 하나의 개념어를 만

들려고 한 것이 화근이다. '권력 쟁취 역사 책', 그리고 '결정 선택 단계'가 바로 그것이다. 이 표현들은 명사로 된 단어들로만 이뤄졌을 뿐, 조사가 단 한 개도 없다.

오늘의 잘못된 문장 - 다시보기

사례 2

"그 책은 마치 ① 권력 쟁취 역사 책 같았다. … (중략) … 인간이 타락하기 시작하는 것은 ② 탐욕의 결정 선택 단계에서 비롯된다."

물론 국어에서도 종종 조사를 쓰지 않고 단어들을 이어 붙여서 개념상 하나의 덩어리처럼 보이도록 하는 경우들이 있다. 예를 들어 다음의 문장들을 보자.

- 19세기부터 동양도 서양의 근대 학문을 본격적으로 수용했다.
- 민주 정권은 대체적으로 인권 보장에 힘쓰는 편이다.
- 주말 근무까지 해야 하다니 이번 연말 계획은 모두 망쳤어!

밑줄 친 부분들은 명사들이 서로 조사 없이 연결되어 있다. 하지만 이 것들을 읽는 데 불편하다든가 이해가 되지 않느냐 하면 전혀 그렇지 않다. 쉽게 읽히고 금세 이해가 된다. 왜냐하면 일단 연결된 단어들이 두 개뿐이고, 그 두 단어의 이음새가 관용적으로 자주 쓰이는 형태이기 때문이다. '근대 학문' '민주 정권' '인권 보장' '주말 근무' '연말 계획'들은 이어 붙은 단어들 개수가 매우 적고, 실제로 사람들이 개념상 하나의 덩어리처럼 쓰고 있는 말들이다. 그래서 명사들끼리 조사가 단 한 개도 없이 이어져 있어도 전혀 이질감이 들지 않는 것이다.

그러나 사례 2번 문장의 밑줄 친 부분은 이 경우와 다르다. 우선 첫 번째 문제점은 연결된 명사, 즉 단어들의 개수가 너무 많다는 것이다. ① '권력 쟁취 역사 책'은 무려 네 개이고, ② '결정 선택 단계'도 세 개나 된다. 개념상 하나의 덩어리처럼 취급되려면 일단 그 덩어리가 읽기 쉬워야 한다. 읽기 쉬우면 자연스레 머리에 각인되고, 각인이 잘된다는 것은 곧 이해하기 쉽다는 의미다. 그러나 ①과 ②는 명사들을 너무 많이 배열했다. 만약 단어들을 배치하여 전에 없던 개념 덩어리로 조어(造語, 말을 만듦)를 하고 싶다면 단어의 개수는 두 개 정도가 무난하다.

물론 세 개 이상의 명사들을 붙였음에도 사람들이 읽기 쉽고 잘 이해하는 표현들이 있기는 하다. 예를 들어 '한국 현대 문학' '유럽 연합 회의' '제주 관광 명소' 등이 그렇다. 그러나 이들은 이미 인구에 회자될 정도로 매우 보편화된 표현들이다.

사례 2번 문장에서 문제가 되는 부분들은 글쓴이가 사람들 사이에서 본인의 표현이 '유행'이 될 만큼 아주 끌밋하게 '창조'한 경우로 보기 힘들다. 개수가 많을 것이었으면 훨씬 자연스럽게 읽을 수 있을 만한 단어로 구성했어야 했고, 아니면 차라리 개수를 두 개 정도로 줄이는 것이 서술 전략상 훨씬 성공 가능성이 높았을 것이다.

사례 2번 문장의 두 번째 문제점은 ①과 ② 모두 연결된 단어들이나 그 이음새가 사람들이 자주 써서 익숙한 방식이 아니라는 것이다.

①의 경우 '권력 쟁취'와 '역사 책' 각각은 관용 구절처럼 보일지라도, 이 둘을 합쳐서 "권력 쟁취 역사 책"이라고 말하는 경우는 실제로 거의 없다. 당신도 한번 나지막이 읊조리듯 읽어보길 권한다. "권력 쟁취 역사 책". 어떠한가. 속칭 입에 착 붙는 표현인가. 그럴 리가 만무하다. 그런 의미에서 ①은 매우 기발하기는 하지만, 성공적인 조어(造語)는 아니다. 한마디로 창의성은 있지만, 설득력이 없다. 따라서 최소한 '권력 쟁취'란 말과 '역사 책'이란 말 사이에 조사 하나쯤은 있는 것이 낫다.

②도 마찬가지다. 사람들이 언어생활을 하면서 "결정 선택 단계"라는 말을 쓰는 일은 말실수를 하는 경우 빼고는 거의 없을 테다. 그런 의미에서 ②도 ①과 마찬가지로 관용적인 구절이 아니다. 심지어 '결정'이란 말과 '선택'이란 말은 의미가 겹친다. '결정'과 '선택' 중 하나만 써도 글쓴이의 의도를 충분히 전달할 수 있다. 더 큰 문제는, '결정' 및 '선택'이란 단어 모두 앞에 붙은 말 "탐욕의"와 잘 호응하지 않는다는 점이다. '탐욕의 결정 단계', 혹은 '탐욕의 선택 단계', 모두 관념적이고 추상적으로만 느껴진다. 문장은 의미가 구체적일 때 비로소 좋은 문장도 되는 것이다. 따라서 '결정'과 '선택'은 삭제하고 '탐욕'이란 단어와 훨씬 잘 어울릴 수 있는 표현들로 구절 전체를 대체·수정하는 것이 낫다. 예를 들어, '추구하다' 혹은 '드러내다' 같은 동사들이 문장의 의미를 구체화하고, 문장의 서술성도 살릴 수 있을 것이다(그리고 '추구하다' '드러내다' 같은 동사로 바꿔 쓴다면 '탐욕의'란 말도 '탐욕을'로 고쳐야 한다. '탐욕의'는 명사형 표현이라서 곧바로 '추구하다' '드러내다'와 같은 동사형 표현과 어울릴 수 없다).

이를 참조하여 사례 2번 문장의 ①과 ②를 고쳐본다면 다음과 같이 쓸 수 있다.

오늘의 잘못된 문장 - 사례 2 고쳐 쓰기

(1) "그 책은 마치 ① 권력 쟁취에 관한 역사 책 같았다. … (중략) … 인간이 타락하기 시작하는 것은 ② 탐욕을 추구하는 데에서 비롯된다."

(2) "그 책은 마치 ① 권력 쟁취에 관한 역사서 같았다. … (중략) … 인간이 타락하기 시작하는 것은 ② 탐욕을 드러내는 단계에서 비롯된다."

정리하자면 명사형 표현들이 무조건 올바르지 않은 것은 아니다. 글을 쓰거나 말을 할 때 구체적인 내용들을 한데 묶어서 하나의 상위 개념을 만들려면 명사형 표현이 무척 유용하다. 개념화에 성공하면 구구절절한 사항들을 응축할 수 있고, 그래서 글을 읽거나 말을 듣는 사람들이 복잡 다양한 사안들을 하나의 정리된 내용들로 인식하기가 용이하다. 이것은 분명히 명사형 표현의 최대 강점이다.

하지만 명사형 표현이 너무 많거나 명사형 표현만 존재하는 경우에는 뜻이 모호하고 서술절들이 동적(動的)이지 않아서, 이를 보고 듣는 이들이 답답할 수밖에 없다. 특히 **국어는 동사와 형용사가 발달해서 서술어가 역동적일수록 그 진가를 드러내기 때문에 명사형 표현들이 잦으면 한국어가 아니라 흡사 번역 투가 되기 십상이다.** 마치 양날의 검처럼 명사형 표현의 장점이 다른 한편으로는 치명적인 단점이 되기도 하는 것이다.

따라서 문장을 만들 때, 해당 대목에서 '**개념화**'를 하는 것이 의미를 전달하는 데에 도움이 될지, 아니면 '**구체화**'를 하는 것이 그러할지 면밀하게 따져볼 필요가 있다. 만약 앞의 상황이라면 명사형 표현을 시도해도 좋지만, 반대로 뒤의 상황이라면 명사형 표현보다는 최대한 국어의 서술성을 배가할 수 있는 방식이 옳다. 그리고 문장 안의 서술 구절들이 진정으로 국어다우려면 결국 그것들은 기본적으로 동사나 형용사에서 파생해야 할 것이다.

[2] 피동 표현보다 능동 표현이
휠씬 나은 경우들

오늘의 잘못된 문장

"이와 관련하여 정책 담당자의 재고가 요구되어진다. 국가가 진정한 혁신을 이뤄내기 위해서는 현재 국민들의 낮아져 있는 의욕과 창의성을 올려야 하는 것이지, 이미 의욕이 충만하고 창의적인 인재들마저 평범해지게 만드는 것은 바람직하지 않다."

<크리티카 논술·구술면접 아카데미> 수강생의 글 中

우리는 말하거나 글을 쓸 때 종종 '피동(被動)' 표현을 쓴다. **피동(被動)이란 말은 한자어 뜻 그대로, '특정 주체가 그의 의지가 아닌 타의·타력에 의해 움직이는 것'**을 의미한다. 피동 표현은 어떤 행동으로 인해 '당한' 자를 부각하고 싶을 때 주로 쓴다. 반면 주동 표현 또는 능동 표현은 주로 어떤 행동을 '행한' 자를 강조하고 싶을 때 주로 사용한다('주동'과 '능동'을 엄밀히 구별하지 않아도 된다. 국립국어원 역시 이 둘을 같은 개념으로 본다. 주동 표현이든 능동 표현이든 둘 다 '주체가 자발적으로 뭔가를 행하는 것'을 의미한다. 다만 사동에 대응되는 개념으로 주동이란 말을 쓸 때, 그리고 피동에 대응되는 개념으로 능동이란 말을 쓸 때만 주동과 능동을 구분할 뿐이다).

예를 들어 "이슬람인들이 파리 시민들을 인질로 잡았다."는 문장은 전형적인 주동 및 능동 표현이다. 이 문장은 파리 시민들에게 인질극을 '행한 자', 즉 이슬람인들이 주어라는 것을 부각한다. 반면 "파리 시민들이 이슬람인들에게 인질로 잡혔다."는 문장은 전형적인 피동 표현이다. 이 문장은 인질극을 '당한 자', 즉 파리 시민들이 피해의 주체라는 것을 강조한다.

이렇듯 우리말은 능동으로도, 피동으로도 쓸 수 있다. 피동이 미문(美文), 즉 서양식 혹은 외국어식 표현이므로 쓰면 안 된다고 주장하는 사람들이 있는데 원칙상 옳은 얘기는 아니다. 앞의 예문에서도 봤듯이 말하거나 (글 쓰는) 사람이 어떤 주체를 부각·강조하고 싶은지에 따라 능동이든 피동이든 상황에 맞춰 선택할 수 있는 문제다. **피동이라고 무조건 우리말 체계나 정서에 부합하지 않는 것은 아니다. 다만 그 피동 표현보다 더 나은 방법이 있음에도 불구하고 굳이 그 피동 표현을 썼을 때가 문제일 따름이다. 여기서 더 나은 방법이란, 의미를 더 잘 드러내는 표현이라든가, 발음상 더 자연스러운 표현 등을 말한다.**

피동 표현은 대표적으로 두 가지 종류가 있다. 첫째는 '피동형' 표현이고, 둘째는 '피동사'를 활용한 표현이다.

'피동형'은 (타)동사 어간에 '-아/어지다'를 덧붙여서 만든다. '잘 깎아진 밤톨처럼' '자동으로 켜진 스위치' 등이 그 예들이다. '깎아진'과 '켜진'이 바로 피동형이다. '깎아진'은 '깎다'라는 (타)동사 어간에 '-아지다'를 덧붙여서 만든 것이고, '켜진'은 '켜다'라는 (타)동사 어간에 '-어지다'를 덧붙여서 만든 것이다. 우리나라 국어 표준어법상 '피동형'을 하나의 낱말로 취급하지는 않는다.

한편, '피동사'는 동사 어간에 '이/히/리/기'를 덧붙여서 만든다. '쓰이다' '곱씹히다' '들리다' '안기다' 등이 그 예들이다. 순서대로 말하면, '쓰다' '곱씹다' '들다' '안다'라는 동사들의 어간에 '이/히/리/기'를 덧붙여서 만든 것이다. 피동사는 그 자체로 하나의 낱말이고 표준어다.

그렇다면 [오늘의 잘못된 문장]은 과연 괜찮은 피동 표현들일까. 아니면 더 나은 방법이 있음에도 불구하고 굳이 피동으로 표현한 '나쁜 예'일까. 개인적으로 후자라 생각한다. 내가 보기에 [오늘의 잘못된 문장]은 더 낫게 고칠 방법들이 있다. 다음은 이 문장을 고쳐본 것이다. 특히 ①, **②, ④로 표시된 밑줄 부분들은 본래 문장에서 피동으로 표현된 곳**들이다. 그것들을 더 나은 피동 표현, 혹은 사동 표현들로 고쳐봤다(참고로 ③으로 표시된 밑줄 부분은 피동 표현과 관련이 없지만, 보다 문어체다운 단어들로 바꾼 것이다).

오늘의 잘못된 문장 - 다시보기

"이와 관련하여 정책 담당자의 ① 재고가 요구되어진다. 국가가 진정한 혁신을 이뤄내기 위해서는 현재 국민들의 ② 낮아져 있는 의욕과 창의성을 ③ 올려야 하는 것이지, 이미 의욕이 충만하고 창의적인 인재들마저 ④ 평범해지게 만드는 것은 바람직하지 않다."

(1) "이와 관련하여 정책 담당자의 ① 재고를 요구한다. 국가가 진정한 혁신을 이뤄내기 위해서는 현재 국민들의 ② 낮은 의욕과 창의성을 ③ 고취해야 하는 것이지, 이미 의욕이 충만하고 창의적인 인재들마저 ④ 평준화하는 것은 바람직하지 않다."

(2) "이와 관련하여 정책 담당자의 ① 재고가 요구된다. 국가가 진정한 혁신을 이뤄내기 위해서는 현재 국민들의 ② 낮아진 의욕과 창의성을 ③ 고취해야 하는 것이지, 이미 의욕이 충만하고 창의적인 인재들마저 ④ 평범하게 만드는 것은 바람직하지 않다."

● ① 부분:

원문의 "요구되어진다"는 이중 피동이다. 이미 '요구된다'라는 피동 표현에, '-어지다'라는 피동 표현을 한 번 더 붙인 것이다. 따라서 굳이 피동으로 표현하고 싶다면, "요구된다"라고 한 번만 쓰는 것이 의미상 옳다. 발음도 이것이 더 편하다. 하지만 발음상 더 나은 방법이 있다. 바로 능동으로 바꾸는 것이다. "재고가 요구된다"에서 '재고'를 주어가 아닌 목적어로 바꾸면, "재고를 요구한다"라는 능동 표현이 된다. 이 능동 표현이 의미도 훨씬 더 명료하고 발음도 수월하다. 듣는 이가 느끼기에도 "재고가 요구된다"보다 "재고를 요구한다"가 훨씬 그 뜻이 명확하고 서술이 자연스럽다. 이처럼 능동 표현과 피동 표현이 둘 다 가능할 때, 필자의 의도를 더욱 잘 드러내면서 동시에 발음하기도 편한 표현을 선택하는 것이 바람직하다.

● ② 부분:

원문 "낮아져 있는"은 '낮아져'라는 피동 표현에다, '있는'이라는 상태 표현이 덧붙여진 것이다. 즉, 피동인 상태를 말하려는 문장이다. 그러나 뜻이야 알겠지만, 왠지 어색하다. 좀 더 나은 방법이 없을까. 있다. '낮아져'와 '있는'을 합쳐 한 단어로 말하면 된다. 바로 "낮아진"이 그것이다. "낮아진"은 "낮아져+있는"처럼 피동이면서 동시에 상태도 드러낼 수 있다. 둘은 의미가 서로 똑같지만, 표현이 덜 어색한 쪽은 전자(前者)다. 능동 표현도 가능할까. 가능하다. "낮은"으로 고치면 "의욕과 창의성"을 능동적인 상태로 표현한 셈이다.

사실 "낮은"이 "낮아진"보다 의미상 포괄할 수 있는 범위도 넓다. (국민들의) 의욕과 창의성은 타의·타력에 의해 저해될 수도 있지만, (국민들) 자의에 의해 저하될 수도 있는 문제이기 때문이다. "낮아진"이라 표현하면 이 중 전자만 뜻할 수 있는 반면, "낮은"으로 표현하면 전자로 인한 결과 및 상태도 뜻할 수 있으면서 동시에 후자(後者)의 의미도 포괄할 수 있다. 상대적으로 짧으면서도 의미를 더 많이 드러낼 수 있다면 당연히 그것이 효율적인 방법이다.

● ③ 부분:

원문 "올려야 하는 것"을 보다 문어체답게 바꿔봤다. '고취(鼓吹)하다'는 '의견이나 사상 따위를 열렬히 주장하고 불어넣다'라는 뜻이다. 항상 한자어가 한글 고유어보다 낫다는 것은 아니다. 그러나 적어도 [오늘의 잘못된 문장] 예문에서는 '올리다'라는 구어체식 표현보다 '고취하다'라는 말이 더 나은 방법이다. "의욕과 창의성"이란 목적어는 '올리다'란 동사에도 어울리긴 하지만, '고취하다'라는 동사가 해당 목적어의 성격을 더 잘 부각한다. '올리다'는 단순히 낮은 상태에 있는 뭔가를 상승시키는 뜻만 강조하는 데 반해, '고취하다'는 뭔가를 상승시킨다는 뜻과 더불어 목적격 주어를 '격려하고 고무'한다는 뜻까지 포함한다. 이미 전술(前述)한 바처럼 발음상 길이가 비슷하면서도 의미를 더 많이 드러낼 수 있는 표현이 있다면 그것이 더 효율적이다. 한글 고유어는 물론이고 한자어도 가급적 많이 알아두는 것이 글 실력과 말하기 실력을 키우는 데 도움이 된다. 제아무리 부인하려고 해도 국어는 한자 문화권 내에서 탄생한 언어다. 고유어로만 원하는 바를 표현하는 데에는 반드시 한계가 있게 마련이다. 이것이 현실인데도 한자어를 쓰지 말자는 사람들을 왕왕 보고 있자면 다소 안타까울 뿐이다. 근본 없고 대안 없는 비난(非難)에 불과하다.

● ④ 부분:

원문 "평범해지게 만드는"에서 "평범해지게"는 '평범하다'는 형용사를 피동으로 표현한 것이다(한편 "평범해지게 만드는"이란 문구 자체는 사동문이다. 사동(使動)은 한자어의 뜻대로, '특정 주체가 어떤 대상에게 뭔가를 하게끔 만드는 것'을 의미한다). 이렇듯 우리말은 형용사도 피동으로 표현할 수 있다[이를 피동이 아닌 기동(起動)이라고 주장하거나, 혹은 피동이라기보단 상태의 변화라고 주장하는 학자나 책도 있지만, 일반적으로는 준별하지 않아도 무방할 듯하다]. 그러나 앞서도 여러 번 느꼈듯이 '-아/어지다' 식의 표현은 발음상 질감이 좋지 않은 경우들이 있다. 이 문구도 마찬가지다. "평범해지게 만드는"이란 사동 문구가 뭘 말하려는지 이해는 되지만, 여전히 발음상 어색한 면이 있다. 이럴 땐 피동이 들어간 사동 문구 말고, 주동·능동적인 사동 문구를 한번 생각해보자. 만약 그 문구가 뜻도 명료하면서 자연스럽게 읽힌다면 그것이 원문보다 더 나은 방법이다. '평범해지게 만드는'을 능동형으로 표현하면 '평범하게 만드는'이 된다. 욕심을 좀 더 부려서 문어체로, 그리고 보다 한자어를 활용한다면 '평준화(平準化)하는'이란 표현도 가능하다.

정리하면 [평범해지게 만드는 ≪ 평범하게 만드는(또는 평준화하는)]으로 도식화할 수 있다. 후자일수록 더욱 의미가 명확하고 서술도 자연스럽다. 누누이 얘기하지만 피동 표현과 능동 표현 중 뜻과 발음상 더 나은 방법이 있다면 그를 추구하는 것이 글재주나 입담을 늘리는 길이다.

물론 피동 표현이 더 나을 때도 있다. 예를 들어 "그는 이성을 잃은 듯 눈깔이 뒤집혔다"에서 "뒤집혔다"는 피동 표현 중 피동사다. 피동사지만 뜻도 분명하고 읽는 맛도 어색하지 않다. 오히려 "그는 이성을 잃은 듯 눈깔을 뒤집었다" 식의 능동 표현이 더 이상하다. 이성을 잃었다는 얘기와, 주체의 의지를 드러내는 능동 표현이 상치되기 때문이다.

또 예를 들어 "감춰진 진실"처럼 피동 표현 중에서 피동사도 아닌, '피동형'이어야만 그 어감(뉘앙스)이 적절할 때도 있다. 이 예문을 피동사로서, "감추인 진실"이라고 쓰면 이상하다('감추인'은 표준어가 아니기도 하다). 또 "(누군가가) 감춘 진실"이란 표현도 썩 훌륭하지 않다.

이처럼 주동·능동과 피동 중 무엇이 더 나은, 더 효율적인 방법인지는 속된 말로 'Case by Case' '건(件) by 건(件)'이다. 왕도는 하나뿐이다. 그저 여러 예문을 읽고, 쓰고, 말하면서 스스로 우리말에 대한 감각을 키우는 수밖에 없다.

목적어를 상실하면 글의 목적도 잃는다

3. 목적어 정복하기

목적어를 상실하면 글의 목적도 잃는다

오늘의 잘못된 문장

사례 1

"교수님이 한참 동안 학생들의 질문들을 훑어보시더니, 하나씩 찬찬히 설명해주셨다."

사례 2

"그들은 서로에게 설득당하기도 하고 설득하기도 하면서 논쟁을 벌였다."

사례 3

"이 책의 저자는 이성이 인간을 결정짓는 핵심적인 요소라고 주장하고 있다."

- 〈크리티카 논술·구술면접 아카데미〉 수강생의 글 中

글을 쓸 때 문장에 목적어가 반드시 있어야 하는 경우들이 있다. 특히 목적어를 꼭 필요로 하는 동사, 즉 타동사를 문장의 서술어로 써야 하는 경우가 이에 해당한다. 예를 들어 "나는 밥을 먹는다."에서 '먹는다'라는 타동사는 반드시 목적어를 갖춰야만 그 뜻이 성립된다. 이와 같은 경우에 목적어는 그 문장의 필수성분이므로 아주 예외적인 상황이 아니고서야 웬만해서는 생략할 수 없다.

만약 목적어가 꼭 필요한 문장인데 목적어를 생략해버리면 글이 말하고자 하는 '목적'도 상실한다. 목적어를 상실한 문장은 그를 보거나 듣는 사람이 직감적으로 이상하다고 느낀다. 문장에 필요한 정보들이 완벽히 갖춰지지 않았기 때문이다. 그래서 독자나 청자가 그 문장에 대해 의문을 갖는다. 이는 곧 소통의 실패나 다름없다. 상대방을 충분히 납득시키지 못하는 글쓰기는 설득력이 떨어지게 마련이다.

따라서 글을 쓸 때 문장에 목적어를 써야만 하는 경우인지 아닌지 여부를 따지고, 목적어를 써야 하는 경우라면 목적어를 생략하지는 않았는지를 살펴보는 일은 매우 중요하다.

이번 장(章)에서 살펴볼 [오늘의 잘못된 문장] 사례 세 개는 모두 목적어를 상실해서 글의 목적도 잃어버린 경우들이다. 사례 1번과 사례 2번은 **목적어 자체가 아예 없는 경우**이고, 사례 3번은 **목적어를 서술하기는 했지만, 그것이 완전하지 못한 경우**이다. 지금부터 각 문장의 문제점이 무엇인지 하나씩 살펴보고 그를 어떻게 고쳐 쓸 수 있는지도 알아보자.

우선 사례 1번을 보자.

오늘의 잘못된 문장 - 다시보기

사례 1

"교수님이 한참 동안 학생들의 질문들을 훑어보시더니, 하나씩 찬찬히 설명해주셨다."

일단 "교수님이 한참 동안 학생들의 질문들을 훑어보시더니,"는 문법상 문제가 없다. 그러나 그 뒤에 나오는 문구, "하나씩 찬찬히 설명해주셨다."는 문법적으로 오류가 있다. 바로 목적어가 없다는 것이다. 이 글을 읽는 사람이라면 누구나 이렇게 궁금해할 것이다. "대체 '무엇을' 설명해주었다는 거야?"하고 말이다.

물론 읽는 사람이 대충 짐작할 수는 있다. 아마도 학생들의 '궁금한 점들을' 또는 '질문사항들을' 설명해주었다거나, 아니면 질문에 대한 '정답' 혹은 '해법' 따위 등을 설명해주었다는 말일 것이다. 그러나 이것은 어디까지나 추측에 불과하다. 글쓴이가 제대로 밝히지 않는 이상 교수님이 대체 '무엇을' 설명해주었다는 것인지 글쓴이 말고는 그 누구도 끝내 알 수 없다.

따라서 사례 1번을 제대로 된 문장으로 고치려면 본래 문장에는 존재하지 않았던 목적어를 새로 만들어줘야 한다. 앞서 예시한 대로 '(학생들의) 궁금한 점들을(질문사항들을)'을 목적어로 활용해도 좋고, '(질문에 대한) 정답(해법)'을 그것으로 활용해도 좋다. 다음은 그와 같이 고쳐 쓴 예시다.

오늘의 잘못된 문장 - 사례 1 고쳐 쓰기

(1) "교수님이 한참 동안 학생들의 질문들을 훑어보시더니, **그들의 궁금한 점들을**(또는 질문사항들을) 하나씩 찬찬히 설명해주셨다."

(2) "교수님이 한참 동안 학생들의 질문들을 훑어보시더니, **그에 관한 정답들을**(또는 해법들을) 하나씩 찬찬히 설명해주셨다."

사례 1 고쳐 쓰기처럼 쓰지 않고, '궁금한 점들에 대해/질문사항들에 대해' '그 정답에 대해/해답에 대해' 등처럼 '…에 대해/대하여' 형식으로 수정해도 무방하다. 다만 이렇게 쓰면 그건 목적어 형식으로 고친 것은 아니고, '대하다(對하다)'라는 동사에 까닭이나 근거 따위를 나타내는 어미 '-여'를 붙여서 하나의 독립된 구절 형식으로 고친 것이다. '…에 대해/대하여' 말고, '…에 관해/관하여'로 써도 문법상 논리는 '대하다(對하다)'의 용법과 똑같다.

이제 사례 2번 문장을 보자.

오늘의 잘못된 문장 - 다시보기

사례 2
"그들은 서로에게 설득당하기도 하고 설득하기도 하면서 논쟁을 벌였다."

사례 2번 문장은 한 개의 문장에 두 개의 문장이 종속되어 안긴 문장이다. 일단 두 개의 문장을 종속시켜 안은 문장은 "그들은 …… 논쟁을 벌였다."이다("그들은 서로에게 설득당하기도 하고 설득하기도 하면서 논쟁을 벌였다."). 그리고 이 문장에 안긴 문장은 "서로에게 설득당하기도 하고 설득하기도 하면서"이다("그들은 서로에게 설득당하기도 하고 설득하기도 하면서 논쟁을 벌였다.").

그런데 "서로에게 설득당하기도 하고 설득하기도 하면서" 부분은 다시 또 두 개의 절이 대등하게 연결된 것이다("… 서로에게 설득당하기도 했다. 그리고 설득하기도 했다. …"). 문장으로 치자면 이를 흔히 '이어진 문장'이라고 부른다. 사례 2번 문장은 바로 이 안긴 문장에서 목적어와 관련한 문법상 문제가 발생한 사례다.

우선 안긴 문장 중에서 앞의 절은 문법적으로 문제가 없다. 그러나 뒤의 절은 문법적으로 오류가 있다. 바로 목적어가 없는 것이다. 뒤의 절을 하나의 독립된 문장이라 상상하고, 생략된 부분들을 복원해서 재구성해보자. 재구성하면 이런 문장이 된다.

"그들은 설득하기도 하면서 논쟁을 벌였다."

이 문장을 보면 무엇인가 이상하다는 느낌이 든다. 왜냐하면, 도대체 '누구를' 설득했다는 말인지 알 수 없기 때문이다. 여기서 '누구를'은 바로 이 문장의 목적어에 해당한다.

물론 짐작할 수는 있다. 바로 '(그들) 서로를' 설득했다는 얘기를 하고 싶었던 것이리라. 그러나 이건 읽는 사람이 일부러 수고스럽게 추측해줬을 때 가능한 일일 뿐, 문장 자체는 객관적으로 중요한 정보를 빠뜨린 꼴이다. 결코 친절하거나 완벽한 글쓰기라 말할 수 없다.

따라서 사례 2번을 제대로 된 문장으로 고치려면 본래 문장에는 존재하지 않았던 목적어를 새로 만들어줘야 한다. 앞서 예시한 대로 '서로를'을 넣으면 간단히 완벽한 문장을 만들 수 있다. 다음은 그와 같이 고쳐 쓴 예시다.

"그들은 서로에게 설득당하기도 하고 <u>서로를 설득하기도 하면서</u> 논쟁을 벌였다."

아마도 본래 [오늘의 잘못된 문장]의 글쓴이는 문장 중에 등장하는 "서로에게"라는 말이 "설득당하기도 하고"에만 호응이 될 뿐, "설득하기도 하면서"에까지는 호응이 될 수 없다는 사실을 깜빡 잊은 것 같다.

안긴 문장이나 이어진 문장에서 문장이 길고, 구절 간의 구조가 복잡하면 사람들이 종종 문장성분들을 서로 잘못 호응시키고는 한다. 예를 들어 안은 문장의 주어나 서술어가 안긴 문장의 주어·서술어와 전혀 같지 않은 상황인데 이를 일치시킨다거나, 이어진 문장 중 앞의 문장의 주어나 서술어가 뒤의 문장의 그것들과 일치하지 않는 경우인데 이 둘을 일치하듯 쓰는 것들이 그렇다. 방금 살펴본 사례 2번 문장은 이어진 문장("… 서로에게 설득당하기도 했다. 그리고 설득하기도 했다. …") 중에서 앞 문장의 서술어는 목적어가 필요 없는 동사인 데 반해, 뒤 문장의 서술어는 목적어가 필요한 동사라는 것을 잊고 뒤 문장의 동사를 앞 문장의 동사처럼 사용했기 때문에 목적어를 빠트린 것이다.

마지막으로 사례 3번 문장을 살펴보자.

사례 3

"이 책의 저자는 이성이 <u>인간을</u> 결정짓는 핵심적인 요소라고 주장하고 있다."

사례 3번 문장은 목적어를 빼놓지는 않았다. 다만 목적어가 다소 불완전한 것이 문제다. 목적어가 문장 안에 있기는 한데 그 목적어만으로는 문장의 뜻을 충분히 이해하기가 힘든 경우다.

사례 3번 문장이 말하려는 바를 요체만 정리하면 다음과 같다.

"이성은 인간을 결정짓는 핵심적인 요소다."

얼핏 보면 문제가 없어 보인다. 하지만 다시 찬찬히 생각해보면 무엇인가 석연치 않은 구석이 있다. 바로 '인간을 결정짓는'다는 부분이다. '인간을 결정짓는'다는 말은 일견 이해가 갈 듯하면서도 일견 그 뜻이 모호하기도 하다. 대체 인간의 **'무엇을' '어떤 부분을' '어떤 측면을'** 결정짓는다는 것인지 이해가 되지 않기 때문이다. 결국, 이 문장은 '인간을'이라는 말을 썼기 때문에 형식적으로는 문장에 목적어가 존재하는 것처럼 보이지만, 실질적으로는 문장에 목적어가 존재하지 않는 상황이다. 목적어라 할 만한 내용이 전혀 없어서이다.

따라서 사례 3번을 제대로 된 문장으로 고치려면 내용상 실질적인 의미를 띠는 목적어로 바꿔 써줘야 한다. 앞서 예시한 대로 '인간의 ○○' 식으로 인간의 '무엇을' '어떤 부분을' '어떤 측면을' 결정짓는다는 것인지 보는 사람이 이해할 수 있을 만큼, 단어를 추가하면 족하다. 다음은 그와 같이 고쳐 쓴 예시다.

오늘의 잘못된 문장 - 사례 3 고쳐 쓰기

"이 책의 저자는 이성이 <u>인간의 특징</u>을 결정짓는 핵심적인 요소라고 주장하고 있다."

'인간'이라는 단어에 '특징'이라는 단어를 추가하였다. '인간의 특징'이라는 말은, 이성이 인간 특유의 핵심요소라는 본래 문장의 의도도 보존할수 있는 데다 본래 문장보다 훨씬 그 뜻을 명료하게 만드는 데에도 적절하다.

물론 '특징'이라는 말만 꼭 정답이라는 얘기는 아니다. 만약 '특징'이라는 말 이외에도 본 문장의 의도를 해치지 않으면서 그 문장이 제공하지못한 정보를 충실히 채워줄 수 있는 다른 단어들이 있다면 그것들로 대체해도 무방하다. 사례 3번 문장에서 가장 중요한 맹점은, '인간의'라고만써서는 결코 목적어를 정확히 제시한 문장이라고 볼 수 없다는 점이다.

목적어는 말 그대로 주어가 서술어를 통해 달성하고자 하는 대상 혹은 목표 등을 지칭하는 것이기 때문에, 인체로 비유하자면 신체의 뼈대라고 할 수 있다. 따라서 **목적어를 기술하지 않거나 부실하게 제시하면, 뼈대가 없는 신체가 되고 대상·목표를 잃은 문장이 된다.**

이번 장(章)에서 분석한 [오늘의 잘못된 문장]의 세 가지 사례는 한국어로 글을 쓸 때 목적어와 관련하여 사람들이 가장 자주 하는 실수들이고, 그만큼 대표적인 실수들이다. 이러한 대표 유형 세 가지를 유념하여 이후 글을 쓸 때 목적어를 상실한 글, 그래서 목적 또한 상실한 글을 생산하는 일이 없길 바란다.

4. 보어 정복하기

명칭의 뜻은 '도와주는 말'이지만,
문장의 필수성분인 보어(補語)

명칭의 뜻은 '도와주는 말'이지만, 문장의 필수 성분인 보어(補語)

오늘의 잘못된 문장

사례 1

"하루가 멀다 하고 올라오는 사람들의 매력과 돈 자랑들을 보다 보면, 과연 내 스마트 폰 화면이 비추고 있는 이 사람들이 나랑 같은 시대를 살고 있는 이들인지 의아할 때가 있다."

사례 2

"아무리 개인의 자유·개성이 존중받는 시대라지만 아무런 근거 없이 나는 그저 다르다면서 자신감만 내세우는 것도 꼴불견이다."

- <크리티카 논술·구술면접 아카데미> 수강생의 글 中

한국어의 문장성분은 총 7가지다. 하나씩 나열하면, 1) 주어 2) 목적어 3) 보어 4) 서술어가 문장의 주(主)성분이고, 5) 관형어 6) 부사어는 부속(附屬)성분이며, 7) 독립어는 독립(獨立)성분이다.

이 중에서 오늘 살펴보려는 문장성분이 바로 보어(補語)다. 보어는 말 그대로 무엇인가를 '도와주는'(補, 도울 보) 말(語, 말씀 어)이다. 그러나 명칭이 이럼에도 불구하고 보어는 엄연히 주(主)성분이다. **보어는, 특정 문장이 주어와 서술어만으로 그 뜻을 온전히 보여줄 수 없을 때 그 온전치**

못한 부분을 보충해줌으로써 하나의 문장이 제구실을 하도록 도와준다.

예를 들어, "그는 되었다."라는 문장을 보자. 의미가 온전한 문장인가? 그렇지 않다. 이 문장만으로는 '그'가 과연 '무엇이' 되었는지 알 수 없다. 그래서 이때는 그 '무엇이'에 해당하는 보어가 필요하다. 예를 들어 "그는 어른이/대학생이/변호사가/아빠가… 되었다."에서, "어른이/대학생이/변호사가/아빠가…" 등이 바로 보어다. 국어에서는 대개 '되다/아니다'라는 서술어가 '…이/가' 형식으로 된 보어를 필요로 한다. 아래가 그 예시다.

- 그는 **어른이/대학생이/변호사가/아빠가**… <u>되었다</u>.
- 그들은 **아이가/유치원생이/의사가/엄마가**… <u>아니다</u>.

그래서 보어가 꼭 필요한 문장에서 정작 보어가 빠져버리면 그 문장은 잘못된 문장이다. 그렇기 때문에 **보어는 이름만 보조재처럼 보일 뿐, 본질적으로는 문장의 필수 성분**이다.

이번 장(章)에서 살펴볼 [오늘의 잘못된 문장] 두 가지는 **문장의 필수 성분으로서 보어를 빠트리는 바람에 뜻이 모호해지고, 문법상 오류가 발생한 경우**들이다. 각각의 사례에서 어떤 보어가 필요한지 하나씩 살펴보자.

오늘의 잘못된 문장 - 다시보기

사례 1

"<u>하루가 멀다 하고 올라오는 사람들의 매력과 돈 자랑들을 보다 보면</u>, 과연 내 스마트 폰 화면이 비추고 있는 이 사람들이 나랑 같은 시대를 살고 있는 이들인지 의아할 때가 있다."

우선 사례 1번 문장에서 보어가 필요한 구절은 "하루가 멀다 하고 올라오는 사람들의 매력과 돈 자랑들을"이다. 설명의 편의를 위해 이 구절을 우선 하나의 독립된 문장 형식으로 바꿔보자. 바꿔 쓰면 다음과 같다.

"하루가 멀다 하고 사람들의 매력과 돈 자랑들이 올라온다."

정상적인 한국인이라면 이를 읽었을 때 문장 안에 특정 정보가 빠져있다는 기분이 들 것이다. 당연하다. 바로 '어디에'에 해당하는 정보가 없다. 사람들의 매력과 돈 자랑들이 '어디에' 올라온다는 것인지 이 문장만 읽고는 알 수 없다. 그리고 '어디에'에 해당하는 정보가 없는 이상, 이 문장은 문법상 성립할 수 없다. 서술어 "올라오다"는 '-에'라는 보어가 필요하기 때문이다.[1]

따라서 이 문장을 제대로 고쳐 쓰려면 '어디에'에 해당하는 보어를 문장에 추가해줘야 한다. 사례 1번 문장은 "사람들의 매력과 돈 자랑들이 올라오는" 곳이 '스마트 폰'이라고 암시하고 있다. 그러므로 '어디에'에 해당하는 표현은, '인터넷' 'SNS' '네트워크 커뮤니티' 등과 같은 것들이 적절하다.

---

[1] 저자 주: 사실 '-에'를 보어로 인정하느냐 여부는 국어학계에서 논란이 되고 있다. 참고로 현행 교육 과정에서 문법 과목에서는 서술어 '되다/아니다'에 호응하는 '-이/가' 형식의 표현만을 보어로 인정하고 있다. 따라서 학교 문법상 '어디에'를 뜻하는 '-에' 형식의 표현들은 부사격 조사가 결합된 부사구일 뿐, 보어가 아니다. 그러나 본서에서는 학교 문법을 따르지 않고 그에 반대하는 일부 국어학계의 의견을 따르려 한다. 따라서 본서에서는 다음 세 가지 요건을 갖춘 문장성분이라면 전부 보어로 간주한다. "I) 주어나 서술어에 해당하지 않을 것, II) 전체 문장 안에서 목적어 역할을 하지 않을 것, III) 전체 문장이 뜻과 문법 측면에서 완벽해지기 위해 필요로 하는 성분, 즉 '필수 성분'일 것."

이를 토대로 사례 1번 문장을 고쳐 쓰면 다음과 같다.

오늘의 잘못된 문장 - 사례 1 고쳐 쓰기

"하루가 멀다 하고 **인터넷에**(또는 SNS에 또는 네트워크 커뮤니티에) 올라오는 사람들의 매력과 돈 자랑들을 보다 보면, 과연 내 스마트 폰 화면이 비추고 있는 이 사람들이 나랑 같은 시대를 살고 있는 이들인지 의아할 때가 있다."

'인터넷에' 'SNS에' '네트워크 커뮤니티에'와 같은 보어가 존재함으로써 사례 1번 문장도 비로소 뜻이 분명하고, 문법상 완벽한 문장이 되었다.[2]

이제 사례 2번 문장을 분석해보자.

오늘의 잘못된 문장 - 다시보기

사례 2

"아무리 개인의 자유·개성이 존중받는 시대라지만 아무런 근거 없이 나는 그저 다르다면서 자신감만 내세우는 것도 꼴불견이다."

---

2 저자 주: '인터넷에' 'SNS에' '네트워크 커뮤니티에'를 보어로 인정하지 않는 학교 문법상으로는 이들을 '보어'가 아니라 '필수적 부사어'라고 칭할 것이다. '필수적 부사어'란 문장성분상 '부사어'인데, 그 부사어가 문장에 없으면 해당 문장이 문법상 틀린 것이 되기 때문에 해당 문장 안에 '필수'로 존재해야 하는 것 따위를 뜻한다. 그러나 앞서도 얘기했듯이 '필수적 부사어'라는 개념은, 애당초 그것이 문장의 '필수 성분'이라고 전제하면서도, 오히려 명칭은 '부속 성분'인 부사어라고 지칭하는 것으로서 언어도단이다. '부속 성분'이란 글자 그대로 문장 안에 있거나 없거나 그 문장이 문법상 올바르게 성립하는 데에 전혀 영향을 끼치지 않는 것이기 때문이다. 조금 극단적으로 말하면, 시쳇말로 '없어도 그만, 있어도 그만'인 문장성분이 '부속 성분'이다. 그리고 부사어는 그러한 부속 성분의 한 종류다. 따라서 부사어는 문장 안에 '없어도 그만, 있어도 그만'이다. 그런데 이러한 부사어 앞에다 '필수적'이란 말까지 붙이면서 부사어를 마치 문장의 '필수 성분'처럼 취급한다는 것이 도리어 문법 체계상 혼란을 초래하는 일이라고 생각한다. 따라서 본서에서는 이들을 '필수적 부사어'가 아니라 '보어'로 취급한다.

사례 2번 문장에서 보어가 필요한 구절은 "나는 그저 다르다면서"이다. 이번에도 설명의 편의를 위해 이 구절을 하나의 독립된 문장 형식으로 바꿔보자. 바꿔 쓰면 다음과 같다.

"나는 그저 다르다."

역시나 정상적인 한국인이라면 이 문장을 읽은 뒤 문장 안에 일부 정보가 빠져있다는 기분을 느낄 것이다. 바로 **'누구와'** "다르다"는 것인지 구체적인 언급이 전혀 없다. 그리고 '누구와'에 관한 정보가 없는 이상, 이 문장은 문법상 성립할 수 없다. 서술어 "다르다"는 비교대상이 전제된 형용사이므로, '-와/과'와 같은 형식의 보어가 필요하기 때문이다.

예를 들어 "나는 성격이 너와 다르다"처럼, '너와'라는 보어가 없으면 이 문장은 "나는 성격이 다르다"가 되어버려서 비문(非文)이다. 서술어 "다르다"는 글을 읽는 이에게 엄연히 비교대상이 문장 안에 있을 것이라는 암시를 해주는데, 정작 문장 안에서는 비교대상을 지칭하는 표현이 전무하기 때문이다.

따라서 사례 2번 문장을 제대로 고쳐 쓰려면 '누구와'에 해당하는 보어를 문장에 추가해줘야 한다. 사례 2번 문장은 현대인 중에서 납득할 만한 이유를 제시하지 않은 채 막연하게 본인이 그 어떤 누구와도 다르다고 자부하는 사람들을 힐난하는 내용이다. 그러므로 '누구와'에 해당하는 표현은, 불특정 다수를 의미하는 표현으로서 '남(들)과' 정도가 적절하다.

이를 토대로 사례 2번 문장을 고쳐 쓰면 다음과 같다.

> ### 오늘의 잘못된 문장 - 사례 2 고쳐 쓰기
>
> "아무리 개인의 자유·개성이 존중받는 시대라지만 아무런 근거 없이 <u>나는 그저 남(들)과 다르다면서</u> 자신감만 내세우는 것도 꼴불견이다."

아주 단순히 딱 한 개의 어절에 불과하지만, '남(들)과'라는 보어를 써넣고 나니 비로소 문장 전체가 논리적으로 합당하다는 어감을 준다.[3]

보어는 문장의 주(主)성분인데도 사람들이 주어·목적어·서술어에 비해 그 중요성과 쓰임새를 제대로 아는 이들이 드물다. 실제로 대부분의 사람들에게 보어가 무엇이냐고 뜬금없이 물어보면 막상 보어를 정확하게 알고 대답하는 사람들이 거의 없는 편이다. 그래서인지 글을 쓸거나 말을 할 때 보어를 아예 누락시키거나, 불완전하게 사용하는 이들이 꽤 많다.

그러나 서술어 중에는 보어를 필요로 하는 경우들이 자주 있다. 그리고 이런 경우에 보어는 문장의 주(主)성분이면서, 동시에 문장의 필수 성분이다. 한마디로 보어는 자칫 잘못 쓰면 그 문장이 통째로 비문이 된

---

3 저자 주: '남(들)과'를 보어로 인정하지 않는 학교 문법상으로는 이를 '보어'가 아니라 '필수적 부사어'라고 칭할 것이다. '남(들)과'는 '남(들)'이란 명사에 부사격 조사 '-과'를 붙여서 문장성분이 부사어인 데다, 이 부사어가 사례 2번 문장 안에서 필수 성분이기에, 이 두 가지 역할을 합쳐서 '필수적 부사어'라고 작명(作名)한 것이다. 그러나 본서에서는 앞서 구체적으로 이유를 밝혔듯이, '남(들)과'도 '필수적 부사어'가 아니라 '보어'로 취급한다

다. 그래서 보어는 명칭만 보면 마치 보조수단에 불과한 것 같지만, 제법 깊이 있게 공부해야 할 대상이다. 이번 장(章)에서 보어의 개념, 종류, 용례, 반면(反面) 사례 등을 일괄해서 공부했으니 앞으로는 보어를 문법과 상황에 맞춰 정확하고 효율적으로 활용할 수 있기를 바란다.

II. 문장의 부속성분들 정복하기

1. 관형어 정복하기

[1] 이중 꾸밈은 실패한 꾸미기다

오늘의 잘못된 문장

사례 1

"그 새 모든 정책이 도입된 지 벌써 3년이 지났다. …(중략)… 그 말은 전형적인 엘리트들의 변명처럼 들렸다."

사례 2

오랜 나쁜 관례를 영국 정부가 답습하게 된 것은 그들이 과거의 선조의 교훈을 반성하지 않았기 때문이다."

- 〈크리티카 논술·구술면접 아카데미〉 수강생의 글 中

관형어는 문장성분의 일종으로서, 체언 앞에 놓여 체언을 꾸며준다. 여기서 체언은 그 문장에서 주어·목적어·보어·서술어 등으로 쓰이는데, 명사·대명사·수사가 체언이 될 수 있다. 따라서 관형어는 명사·대명사·수사 앞에서 그들을 꾸며주는 문장성분인 셈이다.

관형어의 형태는 다음과 같이 대략 세 가지 정도다.

● 1) 관형사

체언 앞에 놓여 체언을 꾸며주는 '품사'다(문장성분이 아니다. 따라서 문장 성분인 관형어는 품사인 관형사를 포함하는 개념이다. 문장성분은 품사보다 상위 개념이기 때문이다. 반대로 관형사는 관형어의 일부이므로, 관형사는 관형어보다 좁은 개념으로서 하위 개념이다). 관형사는 ① **지시 관형사**, ② **수 관형사**, ③ **성상(性狀) 관형사**, 이렇게 총 세 종류가 있다. 아래 예시에 밑줄 친 단어들이 관형사다.

예) ① <u>이</u> 사람 [지시 관형사: 무엇인가를 가리킬 때 사용하는 관형사]

② <u>다섯</u> 마리 [수(數) 관형사: 사물의 수나 양을 나타내는 관형사]

③ <u>순</u>우리말 [성상(性狀) 관형사: 모양이나 성질, 상태 등을 표현하는 관형사]

● 2) 체언 + 의(관형격조사)

체언(명사·대명사·수사)에 관형격 조사 '-의'가 붙은 꼴이다. 아래 예시에 밑줄 친 부분들이 이에 해당한다.

예) ① <u>서울의</u> 명소 [명사 + -의]

② <u>너희의</u> 문제 [대명사 + -의]

③ <u>하나의</u> 얘깃거리 [수사 + -의]

● 3) 용언(동사·형용사)의 관형사형

관형어처럼 기능하게 만들어주는 어미가, 용언(동사·형용사)의 어간 뒤에 붙는 경우다. 관형어처럼 기능하게 만들어주는 어미를 '관형사형 전성(轉成)어미'라고 한다. 여기서 '전성(轉成)'은 한자를 직역하면 '바꿔'(轉) '만들다'(成)로서, '기능이나 상태가 바뀌어 다른 것이 된다'는 의미이다. 본래 관형어는 주로 체언이 될 수 있는 것인데, 예외적으로 **용언도 이러한 어미가 붙으면 '기능이나 상태가 관형어로 바뀌게 된다'는 뜻으로서 '관형사형 전성어미'라 부르는 것이다.**

관형사형 전성어미에는 ① 과거 시제형 관형사형 전성어미(-은/-ㄴ/-던/-았던/-었던/-였던), ② 현재 시제형 관형사형 전성어미(-은/-ㄴ/-는), ③ 미래 시제형 관형사형 전성어미(-을/-ㄹ), 이렇게 총 세 종류가 있다. 아래 예시에 밑줄 친 부분들이 관형사형 전성어미다.

예) ① 어제 <u>먹은</u> 귤 [동사의 과거 시제형] / 그때는 <u>예뻤던</u> 내 모습 [형용사의 과거 시제형]

② 음악을 <u>듣는</u> 화가 [동사의 현재 시제형] / 아주 <u>나쁜</u> 사람들 [형용사의 과거 시제형]

③ 내일이면 <u>헤어질</u> 사람 [동사의 미래 시제형] / 조만간 <u>좋아질</u> 것이다. [형용사의 미래 시제형]

그런데 한국어의 관형어는 다른 나라의 언어, 특히 우리가 가장 익숙한 외국어로서 영어와 비교했을 때 독특한 차이점이 있다. 바로 꾸며주는 말이 무조건 꾸밈을 받는 말 앞에 위치한다는 점이다. 앞에 열거한 예시들을 다시 찬찬히 훑어보라. 그 어떤 관형어든 꾸밈을 받는 말 '앞쪽'에 있지, 결코 꾸밈을 받는 말 '뒤쪽'에 있지 않다. 아니, 정확히 말해 뒤쪽에 있을 수 없다. 뒤쪽에 위치하는 순간 그 문장은 문법상 틀린 문장이다.

그러나 영어는 한국어와 다르다. 영어는 꾸밈을 앞에서도, 뒤에서도 할 수 있다. 'a fantastic voice'에서 형용사 fantastic은 명사 voice 앞에서 voice를 꾸며준다. 반면 'a voice that is fantastic'에서 형용사 fantastic은 명사 voice 뒤에서 'that 절(節)' 형식으로 voice를 꾸며준다.

이렇듯 국어에서 관형어는 체언 앞에서만 체언을 꾸밀 수밖에 없는데, 바로 이러한 특성 때문에 간혹 관형어를 쓸 때 **'이중(二重) 꾸밈'**의 문제가 발생한다. '이중 꾸미기'의 문제란, **체언 앞에서 체언을 꾸며주는 관형어들이 두 개 이상 존재해서 체언에 관한 수식 관계가 중첩되고 모호해지는 현상**을 말한다.

예를 들어 **'추악한 배신자의 말로(末路)'**와 같은 문구가 전형적으로 '이중 꾸밈'에 해당하는 경우이다. 이 문구에서 꾸밈을 받는 체언은 '말로(末路, 마지막 무렵)'라는 명사 하나다. 그러나 이 하나의 체언을 꾸며주는 관형어는 두 개다. 바로 '추악한'과 '배신자의'다('추악한'은 '용언의 관형사형'으로서 관형어이고, '배신자의'는 '체언+-의' 형식의 관형어다). 그래서 이 문구는, **'배신자의 말로'가 추악하다는 것인지, 아니면 '배신자'가 추악하다는 것인지** 의미가 서로 겹쳐서 모호하다. 이처럼 국어는 영어와 달리 관형어가 반드시 체언 앞에 와야 하기 때문에, 관형어를 동시에 순차적으로 여러 개를 쓰게 되면 필히 '이중 꾸미기'가 된다. 그리고 이는 결코 문법적으로 올바른 문장이 아니다.

이번 장(章)에서 살펴볼 [오늘의 잘못된 문장]의 사례 1과 사례 2도 모두 **관형어가 두 개 이상 얽혀서 체언에 대한 수식 관계가 복잡해지고 모호해진 상황**들이다. 이와 같은 상황에서는 수 개의 관형어 중에서 일부 관형어의 위치를 재배치하거나, 일부를 아예 다른 문장성분으로 바꿔줘야 한다. 그래야 비로소 한국어다운 문장이 되고, 그를 통해 글 쓴 사람의 의도를 정확히 드러낼 수 있다. 지금부터 사례마다 무엇이 문제이며 그를 어떻게 개선하는 것이 좋을지 하나씩 구체적으로 살펴보자.

우선 사례 1번 문장부터 분석해보자.

오늘의 잘못된 문장 - 다시보기

사례 1

"① 그 새 모든 정책이 도입된 지 벌써 3년이 지났다. …(중략)… 그 말은 ② 전형적인 엘리트들의 변명처럼 들렸다."

밑줄 친 ① 부분 '그 새 모든 정책'에서 '그' '새' '모든'은 모두 관형사다. 다시 말해 단어 하나가 곧 관형어 역할을 하는 품사다. 하나씩 따져봤을 때, '그'는 특정한 무엇인가를 가리키는 **지시 관형사**, '새'는 새롭다는 의미의 **성상 관형사**, '모든'은 지칭 대상의 숫자를 의미하는 **수(數) 관형사**다.

그렇다면 밑줄 ① 부분은 두 개 이상의 관형어를 한꺼번에 썼기 때문에 문제가 된 것일까? 그렇지 않다. 물론 관형사도 관형어이기 때문에 '같은 종류의' 관형사를 여러 개 겹쳐 쓰면 의미가 중복될 수 있다. 그러나 지금 보고 있는 밑줄 ① 부분은 관형사가 여러 개이기는 하지만, 각각의 관형사들이 지시·성상·수(數) 관형사로서 각자 '종류가 달라서' 의미상 중복되지 않는다.

그러면 무엇이 문제일까? 관형사를 제시한 순서가 문제다. 국어 문법상 해당 규정이 있는 것은 아니지만, 국어학계에서는 한 문장에 종류가 다른 관형사를 여러 개 쓸 경우 나름대로 우선순위가 있다고 말한다. 바로 **'지시 → 수 → 성상' 순**이다. 국어학계에서 생각하기에 관형사끼리 이러한 순서를 지켰을 때 문장이 논리적이고 상대방이 쉽게 이해할 수 있다고 여기는 듯하다.

이에 따르면, 밑줄 ① 부분은 '그 새 모든 정책'이 아니라, '그 모든 새 정책'으로 바꿔야 바람직하다.

이제 사례 1번 문장의 밑줄 친 ② 부분, '전형적인 엘리트들의 변명'을 살펴보자. 이 문구는 명백히 '이중 꾸밈'이다. 이 문구에서 관형어는 일단 두 개다. '전형적인'과 '엘리트들의'다.

'전형적인'은 '전형적'이라는 관형사에 서술격 조사 '이다'가 붙고, 그다음 서술격 조사 '이다'가 마치 용언처럼 현재 시제형 관형사형 전성어미 '-ㄴ' 형태로 바뀐 것으로서, 관형어다. 그리고 '엘리트들의'는 '엘리트'란 명사에 복수(複數)를 뜻하는 접미사 '-들'이 붙고, 그다음 복수형 명사 '엘리트들'에 관형격 조사 '-의'가 붙은 관형어다.

그런데 밑줄 ② 부분의 문제는 '전형적인'이란 관형어가 '엘리트들'도 꾸미는 데다가, 그 뒤의 '변명'이란 체언도 꾸미고 있다는 점에 있다. 그래서 **'엘리트들이 전형적이라는 것인지', 아니면 '엘리트들의 변명이 전형적이라는 것인지'** 의미가 서로 겹쳐서 모호하다. 따라서 글쓴이는 애초에 이 문구를 쓸 때 이 두 가지 경우 중에서 어느 쪽을 더 부각할지 결정하고 그에 맞춰 관형어를 써야 했다.

만약 '엘리트들이 전형적이다'를 강조하고 싶다면 "전형적인 엘리트들이 변명하는 것"으로 쓰는 것이 낫고, 반대로 '엘리트들의 변명이 전형적이다'를 강조하고 싶다면 "전형적으로 엘리트들의 변명" 또는 "전형적으로 엘리트들이 하는 변명"으로 쓰는 것이 낫다.

지금까지 정리한 내용을 바탕으로 사례 1번 문장을 통째로 고쳐보면 다음과 같이 쓸 수 있다.

오늘의 잘못된 문장 - 사례 1 고쳐 쓰기

(1) "① 그 모든 새 정책이 도입된 지 벌써 3년이 지났다. …(중략)… 그 말은 ② 전형적인 엘리트들이 변명하는 것처럼 들렸다."

(2) "① 그 모든 새 정책이 도입된 지 벌써 3년이 지났다. …(중략)… 그 말은 ② 전형적으로 엘리트들의 변명처럼 들렸다."

(3) "① 그 모든 새 정책이 도입된 지 벌써 3년이 지났다. …(중략)… 그 말은 ② 전형적으로 엘리트들이 하는 변명처럼 들렸다."

이제 사례 2번 문장을 분석해보자. 여기서 문법적으로 문제가 있는 곳들은 밑줄 ① 부분과 ② 부분인데, 이들도 앞서 사례 1번과 마찬가지로 '이중 꾸미기'가 발생했다는 점에서 결국 문제의 본질은 사례 1번과 같다.

오늘의 잘못된 문장 - 다시보기

사례 2

"① <u>오랜 나쁜 관례</u>를 영국 정부가 답습하게 된 것은 그들이 ② <u>과거의 선조의 교훈</u>을 반성하지 않았기 때문이다."

밑줄 ① 부분 '오랜 나쁜 관례'에서 관형어는 '오랜'과 '나쁜' 두 개다. '오랜'은 관형사라서 그 자체가 곧 관형어이고, '나쁜'은 '나쁘다'라는 형용사에 현재 시제형 관형사형 전성어미 '-ㄴ'이 붙은 관형어다.

그런데 이 문구에서 '오랜'이란 관형사는 '나쁜'도 꾸미는 데다가, 그 뒤의 '관례'라는 체언도 꾸미고 있다. 그래서 **관례의 나쁜 상태가 오래되었다는 것인지, 아니면 '나쁜 관례가 오래되었다는 것인지'** 의미가 서로 겹쳐서 모호하다. 따라서 (이 경우도 사례 1번과 똑같이) 글쓴이는 애초에 이 문구를 쓸 때 이 두 가지 의미 중에서 어느 쪽을 더 부각할지 결정하고 그에 맞춰 관형어를 써야 했다.

게다가 '오랜 나쁜'은 둘 다 발음이 '-ㄴ'으로 끝나서 서로 음운이 충돌한다. 따라서 읽기도 불편하고, 읽었을 때 듣는 사람도 듣기 불편하다. 그러므로 둘 중 하나는 끝 발음이 '-ㄴ'이 아닌 것으로 쓰거나, '-ㄴ'으로 끝나되 두 글자가 아닌 것을 써서 음운 충돌 현상을 해소하는 것이 바람직하다(참고로 어절끼리 끝 발음이 비슷하더라도 어절 간의 길이가 달라지면 글을 읽는 리듬·박자 등이 미묘하게 달라져서 대부분 음운 충돌이 발생하지 않는다).

그러므로 '관례의 나쁜 상태가 오래되었다'는 점을 강조하고 싶다면 "오랫동안 악화된 관례를"이라고 쓰는 것이 낫고, 반대로 '나쁜 관례가 오래되었다'는 점을 강조하고 싶다면 "오랜 악습을[인습(因習)을]" 또는 "오랫동안 내려온(이어진) 나쁜 관례를"로 쓰는 것이 낫다.

이제 사례 2번 문장의 밑줄 ② 부분, "과거의 선조의 교훈"을 살펴보자. 이번 장(章)을 충실히 독해하고 이해한 독자들은 이미 눈치챘을 테다. 그렇다. 이 부분도 '이중 꾸밈'이다.

밑줄 ② 부분 "과거의 선조의 교훈"에서 관형어는 '과거의'와 '선조의', 총 두 개다. '과거의'는 '과거'라는 체언(中 명사)에 관형격 조사 '-의'가 붙은 관형어이고, '선조의'도 '선조'라는 체언(中 명사)에 관형격 조사 '-의'가 붙은 관형어다.

그런데 밑줄 ② 부분은 '과거의'라는 관형어가 '선조'도 꾸미는 데다가, 동시에 그 뒤의 '교훈'도 꾸민다. '과거의'라는 한 개의 관형어가 '선조'와 '교훈', 총 두 개를 수식하고 있다. 그래서 **'과거의 선조가 깨닫고 그를 현재 영국인들에게 준 교훈이라는 것인지', 아니면 '과거에 살던 선조의 모습을 보고 현재 영국인들이 깨달은 교훈이라는 것인지'** 의미가 중첩한다. 그래서 뜻이 모호하다. 명백히 '이중 꾸미기'다. 따라서 (이 경우도 앞의 사례들과 똑같이) 글쓴이가 애초에 이 문구를 쓸 때 이 두 가지 의미 중에서 어느 쪽을 더 부각할지 결정하고 그에 맞춰 관형어를 써야 했다.

그리고 '과거의 선조의'는 둘 다 발음이 '-의'로 끝나서 서로 음운이 충돌한다. 따라서 읽는 것도, 듣는 것도 불편하다. 그러므로 둘 중 하나는 끝 발음이 '-의'가 아닌 것으로 쓰거나, '-의'로 끝나되 두 글자가 아닌 것을 써서 음운 충돌 현상을 해소하는 것이 바람직하다.

그래서 결국 '과거의 선조가 깨닫고 그를 현재 영국인들에게 준 교훈'이란 점을 강조하고 싶다면 "과거의 선조(들)이 준 교훈" 또는 "과거의 선조(들)이 깨달은 교훈"이라고 쓰는 것이 낫다('선조들'은 '선조'라는 명사에 복수형 접미사 '-들'을 붙인 것이므로, '선조'가 아니라 '선조들'을 써도 크게 문제 되지 않는다).

이와 다르게 '과거에 살던 선조의 모습을 보고 현재 영국인들이 깨달은 교훈'이란 점을 강조하고 싶다면 차라리 교훈이라는 말을 빼고, "과거의 선조들의 과오를/잘못을"이라고 쓰는 것이 낫다(어차피 문장 뒤쪽에 "반성"이라는 말이 있으니까, "과오를/잘못을 + 반성하지 않았…"다는 식으로 쓰면 '과거를 교훈 삼다'는 의도를 충분히 드러낼 수 있기 때문이다).

지금까지 정리한 내용을 바탕으로 사례 2번 문장을 한꺼번에 고쳐보면 다음과 같이 쓸 수 있다.

오늘의 잘못된 문장 - 사례 2 고쳐 쓰기 I

(1) "① <u>오랫동안 악화된 관례</u>를 영국 정부가 답습하게 된 것은 그들이 ② <u>과거의 선조(들)이 준 교훈</u>을 반성하지 않았기 때문이다."

(2) "① <u>오랫동안 악화된 관례</u>를 영국 정부가 답습하게 된 것은 그들이 ② <u>과거의 선조(들)이 깨달은 교훈</u>을 반성하지 않았기 때문이다."

오늘의 잘못된 문장 - 사례 2 고쳐 쓰기 II

(1) "① <u>오랜 악습을(또는 인습을)</u> 영국 정부가 답습하게 된 것은 그들이 ② <u>과거의 선조들의 과오를</u> 반성하지 않았기 때문이다."

(2) "① <u>오랫동안 내려온 나쁜 관례(또는 오랫동안 이어진 나쁜 관례)</u>를 영국 정부가 답습하게 된 것은 그들이 ② <u>과거의 선조들의 잘못을</u> 반성하지 않았기 때문이다."

글쓰기를 요리에 비유하자면, 수식이 필요할 때 뒤에 나오는 말들을 적절하게 꾸며주는 일은 마치 요리를 할 때 재료를 훨씬 맛있게 하기 위해 양념을 넣는 일과 흡사하다. 그래서 **관형어를 정확히 이해하고, 이를 적재적소에 활용하는 능력은 글쓰기 실력을 한층 끌어올리는 데 필수적이다.**

그러나 글을 쓰다 보면 때때로 마음이 앞서서 관형어를 남발하기도 한다. 우리가 때때로 요리를 할 때 욕심이 생겨서 맛있어 보이는 양념들을 동시에 여러 개 집어넣는 것처럼 말이다.

이렇게 관형어를 이중, 삼중(三重), 다중(多重)으로 사용하면 수식 관계가 복잡해져서 뜻까지 불분명해진다. 그래서 '이중 꾸밈'은 실패한 꾸미기다. 매운 음식은 매운맛을, 담백한 맛이 나는 음식은 담백함을 정확히 구현할 때 좋은 음식이다. 매운 음식에 담백한 맛이 섞이거나, 반대로 담백함에 매운맛이 섞이면 실패한 요리다.

그렇기 때문에 글을 쓸 때 양념을 넣기로 작정했다면 본인이 수식 대상에 어떤 맛을 정확히 구현해내고 싶은지 고심해야 한다. **관형어가 여러 개여도 해당 문장이 의미상 명료하다면 문제 될 것이 없겠지만, 만약 글을 써놓고 본인이 읽어봤을 때 당초 의도와는 다르게 여러 개의 양념 맛이 혼재한다면 그 문장이 다시 감칠맛을 낼 수 있도록 수정을 할 수밖에 없다.** 실패한 요리는 좋은 평가를 받기 어렵다(욕설을 듣지 않으면 다행이다). 꾸미기에 실패한 문장도 이와 대동소이하다는 것을 유념해야 할 것이다.

[2] 가분수 문장은 독자를 부담스럽게 한다

오늘의 잘못된 문장

사례 1

"동정심이란 과연 순전히 인간의 순수한 동기에서 나오는 걸까에 대한 의구심과 고민을 하게 만든 책이 바로 이것이다."

사례 2

"가장 먼저 자기 집단의 문제점을 깨닫고 팀에서 이탈한 개혁 소장파의 리더와 추종자들은 이상만 가득 찬 계획은 자칫 위험할 수 있다는 경고를 해주는 용기 있는 인물들이다."

– 〈크리티카 논술·구술면접 아카데미〉 수강생의 글 中

앞 장(章)에서 우리는 관형어에 대해 배웠다. 관형어는 체언 앞에서 체언을 꾸며주는 문장성분이라고 했다. 그리고 한국어는 영어와 다르게 꾸며주는 말이 반드시 꾸밈을 받는 말 앞에 온다는 얘기도 했다. 구조를 간단하게 도식화하면 다음과 같다.

관형어 + 체언

그런데 이런 특징 때문에 한국어는 하나의 체언에 관형어를 여러 개로 연결하면 수식관계가 복잡해져서 문장 전체의 뜻이 모호해진다고도 얘기했다. 개인적으로 필자는 이처럼 관형어가 길고 난삽한 문장을 편의상 '**가분수(假分數) 문장**'이라고 부른다.

'가분수'란 말은 몸집에 비해 머리가 큰 사람을 놀리는 식으로 일컫는 말이다. 고로 '**가분수 문장'은 쉽게 말해 체언은 정작 하나뿐인데, 그 앞에 관형어가 체언에 비해 그 개수나 내용이 무척 비대한 문장을 의미한다.** 앞에서 도식화한 구조를 응용하면 이렇게 표현할 수 있다.

관──형──어 + 체언

자그마한 체언 하나가 크고 무거운 관형 구절을 혼자서 감당하는 모습을 보고 있자니, 사뭇 체언이 안쓰러워진다. 그런데 우리나라 사람들이 글을 쓸 때 (고의든 실수든 간에) 이렇듯 체언을 불쌍하게 만드는 경우가 무척 잦다. 아마도 수식하고 싶은 말들은 넘치는데, 그것들을 전부 문장 하나에 몰아서 쓰려다 보니 체언에 과부하가 생기는 것일 테다. 그리고 문장을 쓰면 즉시 그것을 다시 읽고 어색한 부분이 없는지 검토해야 하는데, 마음이 급한 나머지 바로 문장들을 이어쓰기 때문이다.

이번 장(章)에서 다룰 [오늘의 잘못된 문장]들도 모두 '가분수 문장'이다. 그래서 글이 쉽게 이해되지 않는 데다가, 읽는 내내 답답하고 무거운 기분이 든다. 사례마다 구체적으로 무엇이 문제이고, 그를 어떻게 고치는 것이 좋을지 하나씩 알아보자.

사례 1

"동정심이란 과연 순전히 인간의 순수한 동기에서 나오는 걸까에 대한 의 구심과 고민을 하게 만든 책이 바로 이것이다."

사례 1번 문장에서 밑줄 친 부분이 바로 '가분수'인 부분이다. 왜 이 부분이 '가분수'인지 이해를 돕기 위해서 사례 1번 문장을 아주 단순하게 [주어+서술어] 형식으로만 고쳐보자.

"책이 바로 이것이다."

이렇게 고쳐볼 수 있다. 원래 문장에 비해서 부피가 엄청나게 줄었다. 그 많던 분량은 그럼 다 무엇이었을까. 바로 주어 '책'을 꾸며주는 관형절이었다. 그럼 다시 관형절을 붙여보자.

"동정심이란 과연 순전히 인간의 순수한 동기에서 나오는 걸까에 대한 의구심과 고민을 하게 만든 책이 바로 이것이다."

이렇게 고쳐볼 수 있다. 밑줄 부분이 전부 관형절이다. 이렇게나 기다란 꾸밈 절이 겨우 '책'이라는 체언 한 개에 걸려있다. 바꿔 말하면 이렇게나 기다란 꾸밈 절을 겨우 '책'이라는 체언 하나가 부여잡고 있는 셈이다.

자세히 분석해보면 일단 "의구심과 고민을 하게 만든" 부분(편의상 이하

A라고 한다)이 바로 뒤에 오는 '책'을 꾸며주고 있고, "동정심이란 과연 순전히 인간의 순수한 동기에서 나오는 걸까에 대한" 부분(편의상 이하 B라고 한다)이 그 뒤에 나오는 A를 꾸며주고 있다는 것을 알 수 있다. 국어 문법 용어로 말하면 관형절 B가 관형절 A를 수식하고 있고, 결국 그렇게 A와 B가 거대하게 합쳐져서 관형절 한 개가 만들어진 것이다. 그리고 그 거대한 관형절이 딱 한 글자의 단어, '책'을 수식하고 있다.

이 정도면 '가분수' 중에서도 정도가 심한 축에 속한다. 결국 이 문장을 고칠 때 핵심은, 이 거대한 관형절을 어떻게든 해체해서 체언('책')이 덜 부담스럽도록 만드는 일이다.

해결 방법은 총 두 가지다.

첫째, "A+B" 부분 중 일부를 분리해 하나의 독립된 문장으로 재구성하는 방법이다.

둘째, "A+B" 부분 중에서 일부 관형어 형식을 관형어 방식이 아닌 다른 문장성분 형식으로 재구성하는 방법이다.

다음은 이에 따라 고쳐 써본 예시다. 우선 첫 번째 방법으로 고쳤을 때의 예시다.

"동정심이란 과연 순전히 인간의 순수한 동기에서 나오는 걸까?(또는 -마침표-.) 이에 대한 의구심과 고민을 갖게 만든 책이 바로 이것이다."

A를 기존의 문장에서 분리시켜 의문문으로 만들었다. 의문문의 느낌을 강하게 하고 싶으면 물음표(?)를 쓰면 되고, 그 정도를 약하게 하려면 마침표(.)만으로도 충분할 것이다. 어쨌든 A를 B와 분리했기 때문에 이제 '책'을 꾸며주는 관형절은 B 하나뿐이다. 그로 인해 사례 1번 문장은 머리의 크기가 줄어들어서 '가분수' 신세를 면했다.

다음은 두 번째 방법으로 고쳤을 때의 예시다.

"동정심이란 과연 순전히 인간의 순수한 동기에서 나오는지(를) 의심하고 고민하게 만든 책이 바로 이것이다."

기존의 관형절 A를 관형절이 아니라 목적절로 바꿨고, 기존의 관형절 B는 관형절 형식은 유지하되 원래 '명사형 표현'("의구심과 고민을 하게")이었던 것들을 '동사형 표현들'("의심하고 고민하게")로 바꿨다. 앞서 서술어 편에서도 얘기했듯이, 우리나라는 서술어가 발달한 언어이기 때문에 용언(동사, 형용사)의 형식으로 글을 쓰거나 말을 하는 편이 훨씬 국어 고유의 매력을 부각시키는 방법이다. 명사형 표현을 쓰다 보면 문장이 길고 관념적이 되는 데에 반해 용언 형식의 표현을 쓰면 문장이 상대적으로 간결하고 뜻도 보다 구체적일 수 있기 때문이다.

A가 목적절로 바뀌고 B는 동사형 표현이 되어서, 사례 2번 문장은 길이가 짧아지고 구절에 서술성이 생겼다. 서술성이 생긴 탓에 구절의 의미도 기존 문장보다 어감(語感)상 역동적이고 능동적으로 드러난다. 기존 문장은 A도 관형절 "…하게 만든"이고 B도 관형절 "…에 대한"이었는데, 고쳐 쓴 문장은 A가 B의 목적절이 되고 B는 A의 서술절이 되어서, "A+B"의 부피도 줄고 그 덕분에 읽기도 쉽기 때문이다.

결론적으로 [사례 1 고쳐 쓰기 II]도 [사례 1 고쳐 쓰기 I]과 마찬가지로 관형절을 한 개("동정심이란 과연 순전히 인간의 순수한 동기에서 나오는지 의심하고 고민하게 만든")로 만듦으로써 문장의 머리 크기를 줄였다. 관형절의 길이 자체는 다소 길어 보여도 서술성이 강조된 어절이라서, 기존의 [잘못된 문장]과는 다르게 체언('책')에 과부하를 준다는 느낌은 없다.

이제 사례 2번 문장을 살펴보자.

오늘의 잘못된 문장 - 다시보기

사례 2

"① 가장 먼저 자기 집단의 문제점을 깨닫고 팀에서 이탈한 개혁 소장파의 리더와 추종자들은 ② 이상만 가득 찬 계획은 자칫 위험할 수 있다는 경고를 해주는 용기 있는 인물들이다."

사례 2번 문장에서 ①번 밑줄 부분은 전체 문장의 주절이고, ②번 밑

줄은 서술절이다. 그런데 이 ①번 밑줄과 ②번 밑줄 모두 각각 문제가 있다. 이 절(節)들을 일종의 문장이라고 하자면, ①번 밑줄 문장과 ②번 밑줄 모두 가분수 문장이다. 앞서 사례 1번 문장과 마찬가지로 사례 2번 문장의 밑줄 ①과 ②도, 체언의 부피에 비해 체언을 꾸며주는 관형절이 지나칠 정도로 비대하다. 사례 1번 문장 못지않게 정도가 심각한 가분수 문장들이다.

일단 ①번 밑줄을 보자. ①번의 체언은 "리더와 추종자들"이다. 한편 이 체언을 꾸며주는 관형절은 "가장 먼저 자기 집단의 문제점을 깨닫고 팀에서 이탈한 개혁 소장파의"다. 눈으로만 살펴봐도 체언에 비해 관형절이 갑절 이상 길다.

게다가 이 관형절은 엄밀히 말해 자그마한 관형구가 두 개 이상 이어져 하나의 큰 관형절을 이룬 것이다. 첫 번째 작은 관형구는 "**가장 먼저 자기 집단의**" 부분이고, 두 번째 작은 관형구는 "**문제점을 깨닫고 팀에서 이탈한**" 부분이다. 세 번째로 이어지는 작은 관형구는 "**개혁 소장파의**" 부분이다. 사실 첫 번째 및 두 번째로 이뤄진 소(小) 관형구만으로도 자칫 가분수 문장이 될 상황이었는데 여기에 세 번째 소 관형구를 추가해버리는 바람에 확실히 가분수 문장이 되어버렸다.

이제 ②번 밑줄도 보자. ②번의 체언은 "인물들"이다. 한편 이 체언을 꾸며주는 관형절은 "이상만 가득 찬 계획은 자칫 위험할 수 있다는 경고를 해주는 용기 있는"이다. 체언의 길이나 부피에 비해 관형절의 그것이 대략 9배 정도다. 이 문장 역시 확실히 가분수 문장이다.

이 관형절도 살펴보면 작은 관형구가 여러 개 있다. 정확히 네 개다. 첫 번째 작은 관형구는 **"이상만 가득 찬"** 부분이고, 두 번째 작은 관형구는 **"자칫 위험할 수 있다는"** 부분이다. 세 번째는 **"경고를 해주는"** 부분이고, 네 번째는 **"용기 있는"** 부분이다.

아주 소 관형구들로 꽉 차버린 대(大) 관형절이라 할 수 있다. 세 글자짜리 체언("인물들")이 감당하기에는 관형절이 너무 무겁다. 사실 관형구가 두 개만 되어도 문장의 수식 관계가 조금씩 복잡해지는데, 관형구가 네 개나 된다면 아주 예외적인 상황이 아니고서야 좋은 문장이 되기 힘들다.

사례 2번 문장을 고치는 방식도 사례 1번 문장의 그것과 같다. 거대한 관형절을 해체하는 것이다. 그래서 체언이 감당해야 할 수식의 무게를 최대한 덜어내야 한다. 앞에서 얘기한 내용을 복습 차원에서 한 번 더 반복하자면, 해결 방법은 총 두 가지다.

첫째, 관형절 부분 중 일부를 분리해 하나의 독립된 문장으로 재구성하는 방법이다.

둘째, 관형절 부분 중에서 일부 관형어 형식을 관형어 방식이 아닌 다른 문장성분 형식으로 재구성하는 방법이다.

일단 두 가지 방식 중에서 첫 번째 방식을 사용해서 사례 2번 문장을 통째로 고쳐보자. 다음은 이에 따라 고쳐 써본 예시다.

"① 개혁 소장파의 리더와 추종자들은 가장 먼저 자기 집단의 문제점을 깨닫고 **팀에서 이탈한다.** ② 그들은 용기 있는 인물들로서 이상만 가득 찬 계획은 자칫 위험할 수 있다고 **경고를 해준다.**"

본래 문장은 ①과 ②가 서로 연결되어 무척 길었다. 그러나 고쳐 쓰기 사례에서는 ①과 ②를 각각 독립된 문장으로 분리해서 본래 문장의 길이를 줄였다. 그리고 본래 문장에서 관형어 식 표현 중의 일부를 문장마다 그를 끝맺는 서술어로 탈바꿈했다. 원래 ①에서 "팀에서 이탈한"은 "팀에서 이탈한다"로, 본래 ②에서 "경고를 해주는"은 "경고를 해준다"로 바꾼 것이 그것이다.

이로 인하여 사례 2번 문장은 길이도 줄었고, 관형구의 개수도 줄었다. 원래는 밑줄 ①에서 관형구가 세 개 그리고 밑줄 ②에서 관형구가 네 개였는데, 고쳐 쓰기 사례에서는 ①에서 두 개("개혁 소장파의" "자기 집단의") ②에서도 두 개("용기 있는" "이상만 가득 찬")뿐이다. 관형구가 본래는 도합 7개였는데, 고쳐 쓰기 후에는 4개로 대폭 줄었다. 덕분에 읽기 불편했던 문장이 한결 나아졌고, 이해하기도 훨씬 편해졌다.

이번에는 해결 방법 중에서 두 번째 방식을 사용하여 사례 2번 문장을 통째로 고쳐보자. 다음은 이에 따라 고쳐 써본 예시다.

오늘의 잘못된 문장 - 사례 2 고쳐 쓰기 II

"① 개혁 소장파의 리더와 추종자들은 가장 먼저 자기 집단의 문제점을 깨닫고 팀에서 이탈한 인물들로서, ② 이상만 가득 찬 계획은 자칫 위험할 수 있다고 용기 있게 경고를 해준다."

고쳐 쓴 문장을 보면 밑줄 ①은 "개혁 소장파의 리더와 추종자"들이 어떠한 "인물들"인지 설명하는 역할을 맡고 있고, 밑줄 ②는 그들이 했던 행동들이 무엇을 시사하는지 말해주는 역할을 맡고 있다. 말하자면 밑줄 ①은 주어가 지닌 속성(또는 과거의 행동)을 얘기하는 부분으로, 밑줄 ②는 그 행동이 지니는 의미(의의)를 얘기하는 부분으로 고쳐 쓴 것이다. 이렇게 고쳐 쓰면 기존의 [잘못된 문장]과 어떤 점이 달라지는 것일까. 바로 명사형 표현들이 줄어들어서 문장의 서술성이 강해진다.

고쳐 쓰기 문장에서 기존 문장에 비해 서술성이 가미된 곳은 특히 밑줄 ② 부분이다. "위험할 수 있다고" "용기 있게" "경고를 해준다"는 원래 문장에서 "위험할 수 있다는" "용기 있는" "경고를 해주는"이었던 부분들이다. "위험할 수 있다고" "용기 있게" "경고를 해준다"에서 밑줄 친 글씨들은 전부 동사에 어미를 활용한, 동사형 표현들이다. 반면 원래 문장의 "위험할 수 있다는" "용기 있는" "경고를 해주는"은 관형 표현들이다.

관형 표현들을 전부 동사로 바꿔줌으로써, 밑줄 ①의 속성을 가진 주어가 구체적으로 어떤 행동을 하고 그것이 어떤 의미를 지니는지 밑줄 ②에서 훨씬 역동적으로 드러낼 수 있게 된 것이다. 고쳐 쓴 문장과 원래의 문장을 비교해서 읽으면 전자(前者)는 문장이 훨씬 능동적인 반면,

후자(後者)는 훨씬 정적(靜的)이라는 점을 알 수 있다.

기존의 [잘못된 문장]을 보면 밑줄 ① 부분이 주어의 속성(또는 과거의 행동)을 얘기하고 있고, 밑줄 ② 부분에서는 그 행동의 의미(의의)를 얘기하고는 있지만 정작 서술어를 "인물들이다"로 표현하는 바람에 문장 전체가 명사형 표현으로 끝나버렸다. 그래서 밑줄 ② 부분도 정작 행동의 의미(의의)를 서술했지만 읽는 사람으로 하여금 글쓴이가 사실상 주어의 속성(또는 과거의 행동)을 다시 말한 것 같은 기분을 느끼게 한다.

도식화하면 다음과 같다.

· **기존 문장의 구조 :**
① 주어의 속성(명사형 표현) + ② 행동의 의미(명사형 표현)

· **고쳐 쓴 문장의 구조 :**
① 주어의 속성(명사형 표현) + ② 행동의 의미(동사형 표현)

명사형 표현은 뜻을 '개념화'하기 때문에 내용을 일정 부분 모호하게 만든다는 단점이 있다. 그리고 명사형 표현을 꾸며주려면 결국 명사를 꾸며줘야 하고, 명사를 꾸미려면 관형어 형식밖에 방법이 없기 때문에 반드시 관형 구절이 되어야 한다.

이때 관형 구절의 구조를 복잡하게 쓰지 않으면 상관없는데 그렇지 못할 공산이 더 크다. 관형구가 두 개를 초과해버리는 순간 가분수 문장이 되기 십상이다. [오늘의 잘못된 문장] 중 사례 2번처럼 말이다. 사례 2번 문장에서 관형구는 무려 7개였다.

가분수 문장은 읽기도 힘들고 이해도 잘 안 된다. 그래서 명사형 표현들로 인해 관형적 표현들이 많아질 것 같으면, 서술어에 가급적 동사나 형용사를 활용하는 글쓰기 전략을 취하는 편이 훨씬 낫다. [사례 2 고쳐 쓰기 II]가 바로 그와 같이 서술 전략을 취한 예다.

말을 하거나 글을 쓸 때 '꾸밈'이 필요한 경우는 무척 자주 있다. 언어 활동에서 꾸밈은 내용을 보충해주고, 언어를 훨씬 매력적으로 구사할 수 있게 한다.

국어에서 체언, 즉 명사나 관형사 또는 수사를 꾸밀 때는 관형어가 필요하다. 그래서 관형어를 적절히 활용하는 일은 한국어를 구사할 때 내용 측면에서, 또 기교 측면에서 매우 중요하다.

그러나 여러 번 반복해서 말했듯이 국어에서 관형어는 위치가 정해져 있다. 바로 체언 앞이다. 결코, 체언 뒤에 올 수 없다. 그래서 우리는 체언 앞에 관형어를 너무 많이, 또 길게 쓰지 않도록 조심해야 한다. **체언 앞에 관형어를 많거나 길게 쓰면 체언이 그 관형 구절을 감당하기가 힘들다. 그러한 가분수 문장은 읽는 사람도 부담스럽다. 읽는 사람을 부담스럽게 만들지 않고도 말하려는 내용을 충실히 보충할 수 있는 문장, 나아가 기술적으로도 아름다운 문장이 바로 '착한 관형 구절'이다.**

[1] 부사어를 잘 활용하면 글에 매력과 밀도가 생긴다
[2] 부사어에도 짝이 맞는 서술어가 있게 마련이다

2. 부사어 정복하기

[1] 부사어를 잘 활용하면
글에 매력과 밀도가 생긴다

오늘의 잘못된 문장

사례 1

"적극적인 태도를 갖추려면 부정적인 생각보다 긍정적인 생각을 하려고 노력해야 한다."

사례 2

"이탈리아의 로마는 꿈의 도시다. 역사적인 유물도 많은 데다 옛 모습을 그대로 간직하고 있다."

사례 3

"일부 전문가들은 암호화폐가 가치가 있는 것인지 의심한다."

- 〈크리티카 논술·구술면접 아카데미〉 수강생의 글 中

부사어는 용언(동사나 형용사)을 꾸며주는 문장성분이다. 부사어가 성립되는 형태는 대략 다음과 같다.

● 1) 한 단어로 된 '부사'

예) 아주, 특히, 다소, 조금 등

● 2) '체언 + 부사격 조사'(밑줄 부분이 부사격 조사다)

예) 회사<u>에서</u>, 공항<u>에</u>, 아버지<u>로서</u>, 누구<u>와</u>, 고향<u>으로부터</u> 등

● 3) '형용사 기본형 + 부사형 전성어미'(밑줄 부분이 부사형 전성어미다)

예) 크<u>게</u>, 유난<u>히</u>, 달<u>리</u>, 간간<u>이</u>, 행복하<u>도록</u> 등

● 4) '부사성 의존명사'(밑줄 부분이 부사성 의존명사다)

예) 하고 싶은 <u>만큼</u> 해, 포장지를 뜯은 <u>채로</u> 선물하지 마, 네 뜻<u>대로</u>
될 것이다 등

부사어에서 한자어 '부(副)'가 '돕다, 보조하다'는 뜻이다. 그래서 **부사어
(副詞語)는 말(詞, 사)을 도와준다(副, 부)는 말(語, 어)이다.** 따라서 부사어
는 문장의 필수 성분은 아니다. 쉽게 말해, 있으면 좋고 없어도 뜻이 통
하는 문장성분이다. 예를 들어 아래의 문장들을 보자.

- 고양이가 <u>매우 빨리</u> 달린다.
- 유럽 사람들은 키가 <u>대체적으로 상당히</u> 크다.

밑줄 친 부분들이 바로 부사어다. 첫 번째 문장의 "매우 빨리"에서, '매
우'는 '빠르게'라는 형용사를 꾸미는 부사이고, '빨리'는 '달리다'라는 동
사를 꾸미는 부사다. 두 번째 문장의 "대체적으로 상당히"에서, '대체적
<u>으로</u>'는 '상당하다'라는 형용사 혹은 '크다'라는 형용사를 꾸미고 있는 '체

언 + 부사격 조사'(밑줄 부분이 부사격 조사다) 형태의 부사어이고, '상당히'는 '크다'라는 형용사를 꾸미고 있는 '형용사 기본형 + 부사형 전성어미'(밑줄 부분이 부사형 전성어미다) 형태의 부사어다. 그러나 "매우 빨리"나 "대체적으로 상당히" 같은 부사어가 없다고 해서 예시 문장의 뜻이 성립하지 않는 것은 아니다.

그래서 부사어를 문장의 수의(隨意) 성분 또는 부속 성분이라고 말한다. '수의(隨意)'는 '뜻에 따르다, 뜻에 맡기다'는 뜻이다. 글 쓰는 사람 뜻에 따라 써도 좋고 안 써도 그만이기 때문에 부사어를 그렇게 부른다. 국어의 문장성분 7개 중에서 부사어와 관형어, 이 두 개가 바로 수의 성분(부속 성분)이다.

그러나 "안 써도 뜻이 통한다."는 말을 반대로 생각해보자. 이는 "썼을 때 뜻을 더욱 잘 통하게 한다."는 말일 수도 있다. 실제로 수의 성분(부속 성분)은 주성분을 꾸며줌으로써 주성분의 의미를 보충한다. 부사어도 수의 성분(부속 성분)으로서 용언, 즉 동사와 형용사를 본래 의미보다 훨씬 강화하는 역할을 한다. 그래서 부사어를 효율적으로 활용하면 글에 매력과 밀도가 생긴다.

[오늘의 잘못된 문장]들은 엄밀하게 말하면 '잘못된 문장'은 아니다. 사례 1, 2, 3번 모두 각각의 문장 그 자체만으로도 충분히 뜻이 성립되기 때문이다. 그러나 '문장 일부분을 조금만 고친다면 훨씬 더 좋을 법한 문장'들이기는 하다. 그리고 바로 그 '고치면 좋을 부분'들이 모두 부사어를 쓰면 되는 곳들이다. 사례 1, 2, 3번 모두 **특정 대목에 부사어를 만들**

어주면 글에 훨씬 매력과 밀도가 생길 만한 문장들이다. 그렇다면 어떤 부사어가 좋을지 하나씩 검토해보자.

일단 사례 1번 문장을 다시 보자.

오늘의 잘못된 문장 - 다시보기

사례 1

"적극적인 태도를 갖추려면 부정적인 생각보다 긍정적인 생각을 하려고 노력해야 한다."

이미 말했듯이 이 문장은 그 자체로 뜻이 성립한다. 그러나 부사어를 딱 하나만 써줘도 문장의 뜻이 훨씬 또렷해질 수 있다. 이렇게 고쳐보면 어떨까.

오늘의 잘못된 문장 - 사례 1 고쳐 쓰기

(1) "적극적인 태도를 갖추려면 **매사에** 부정적인 생각보다 긍정적인 생각을 하려고 노력해야 한다."

(2) "적극적인 태도를 갖추려면 **항상** 부정적인 생각보다 긍정적인 생각을 하려고 노력해야 한다."

기존의 문장에는 없었던 부사어 "매사에/항상"을 추가했다(정확히 말하면 부사어의 여러 형태 중에서 '부사'다).

사례 1번 문장은 '태도'를 기르는 방법을 서술하고 있다. '태도'는 일종의 습관이기 때문에 하루 이틀이나 한두 번 연습한다고 쉽게 형성되지 않는다. 그렇다면 '하루 이틀이 아닌, 혹은 한두 번이 아닌'에 해당하는 말을 추가한다면 이 문장은 주장을 훨씬 강화할 수 있다.

그래서 "매사에/항상"이란 부사어를 덧붙였다. "매사에/항상"이란 말이 덧붙은 덕에 이 문장은 '태도'를 기르는 방법을 논하는 문장으로서 훨씬 설득력이 생겼다. 이것이 바로 부사어가 존재하는 이유다. 글의 매력을 배가하고, 밀도를 높여준다.

이제 사례 2번 문장에도 어떤 부사어가 필요한지 살펴보자. 일단 사례 2번 문장을 다시 보자.

오늘의 잘못된 문장 - 다시보기

사례 2

"이탈리아의 로마는 꿈의 도시다. 역사적인 유물도 많은 데다 옛 모습을 그대로 간직하고 있다."

사례 2번 역시 문장 자체는 논리적으로 무리가 없다. 그러나 곰곰이 읽어보면 무엇인가 아쉬운 부분도 있다. 이 문장은 이탈리아의 로마가 누구나 선망하는 도시라는 점을 강조한다. 그리고 그 이유로 역사적인 유산을 잘 보존하고 있다는 점을 거론한다.

그러나 이 문장을 읽다 보면 이런 의문도 든다. 과연 '꿈의 도시'가 로

마 하나뿐인가? '역사적인 유산을 잘 보존한 도시'가 로마 한 곳뿐인가? 만약 글쓴이 의도대로 '꿈의 도시'나 '원형을 고수한 도시'로서 로마가 최고라는 점을 강조하고 싶다면, 바로 그 최상급을 표현할 만한 수식이 별도로 있어야 하는 것이 아닐까? 결국 이러한 수식이 별도로 없는 한 이 문장은 왠지 설득력이 약해 보인다.

그렇다면 이렇게 고쳐보면 어떨까.

오늘의 잘못된 문장 - 사례 2 고쳐 쓰기

(1) "이탈리아의 로마는 꿈의 도시다. **그 어느 유럽의 도시보다** 역사적인 유물도 많은 데다 옛 모습을 그대로 간직하고 있다."

(2) "이탈리아의 로마는 꿈의 도시다. **세계 어느 곳보다** 역사적인 유물도 많은 데다 옛 모습을 그대로 간직하고 있다."

기존의 문장에다가 "그 어느 유럽의 도시보다/세계 어느 곳보다"라는 부사구를 추가했다. '보다'는 차이가 있는 것들을 비교할 때 체언 뒤에 붙어서 '…에 비하여'라는 뜻을 나타내는 부사격 조사다(따라서 '… 도시보다/… 곳보다'는 부사어의 여러 형태 중에서 '체언 + 부사격 조사' 꼴이다).

'매우, 빨리 … '처럼 한 단어로 이뤄진 부사어는 아니지만, 부사격 조사로 이뤄진 구(句)나 절(節)도 부사어와 문법상 기능이나 효과는 유사하다. 바로 용언, 즉 동사나 형용사를 꾸며주는 것이다. 그래서 원래의 문장에 논리를 보충하거나, 논지를 더욱 강조할 수 있다.

이 문장에서 "그 어느 유럽의 도시보다/세계 어느 곳보다"가 바로 부사구다(주어와 서술어를 갖는 구조가 아니기 때문에 구일 뿐, 절은 아니다). 그리고 이 부사구는 뒤에 나오는 "많다(많은 데다)"라는 형용사와 "간직하다(간직하고 있다)"라는 동사를 동시에 꾸며준다.

이로써 로마가 '꿈의 도시', 그리고 '원형을 고수한 도시'로서 (상대적으로) 최고라는 뜻을 추가한 셈이다. 덕분에 기존의 문장보다 주장에 밀도가 생겼다. 주장에 밀도가 높아지면 설득력 또한 높아지는 것은 당연지사다. 단순한 것 같지만, 부사어를 아주 살짝만 가미해도 문장의 매력 정도가 확연히 달라질 수 있다.

마지막으로 사례 3번 문장을 수정해보자.

오늘의 잘못된 문장 - 다시보기

사례 3

"일부 전문가들은 암호화폐가 가치가 있는 것인지 의심한다."

이 문장을 읽으면 어떤 생각이 드는가? 논리적으로 석연찮게 느껴지는가? 그렇지는 않다. 그러나 논리상 석연찮지는 않지만, 왠지 모르게 내용상 '섭섭하다'는 느낌은 있다. 왜냐하면 "암호화폐의 가치"에서 말하는 그 "가치"가 정확히 어떤 종류의 가치를 말하는 것인지 구체적이지 않기 때문이다.

사례 3번 문장은 암호화폐의 '가치'에 대해서 일부 전문가들이 우려한다는 얘기를 하고 있다. 그런데 '가치'라는 말은 의미의 폭이 꽤 넓은 단어다. '가치'는 '사물이 지니고 있는 쓸모'라는 말인데, 결국 쓸모라는 것은 '어떤 용도'로 쓰이냐 하는 문제를 내포한다. 그래서 '가치'라는 단어를 쓸 때는 가급적 해당 사물이 어떤 용도로 쓰일 때의 가치인지, 다시 말해 어떤 종류의 가치인지를 같이 제시해주는 것이 좋다.

사례 3번 문장에서 쓸모가 있는지 아닌지 시험받는 사물은 암호화폐다. 화폐는 본래 지불수단으로서 쓸모가 있다. 다시 말해 무엇인가를 구매할 때 그 값에 상응하는 반대급부를 제공하는 용도로서 화폐가 쓰인다. 그리고 이러한 쓰임새는 암호화폐도 마찬가지다. 암호화폐도 결국은 화폐이기 때문이다. 그래서 사례 3번 문장에서도 단순히 "가치"라는 말만 쓰지 말고, '지불수단으로서' "가치가 있다"고 쓰는 것이 의미를 드러내는 방식으로서 더 바람직하다.

다음은 그와 같은 논리로 고쳐 써본 것이다.

오늘의 잘못된 문장 - 사례 3 고쳐 쓰기

"일부 전문가들은 암호화폐가 **지불수단으로서** 가치가 있는 것인지 의심한다."

원래 문장에다 "지불수단으로서"라는 부사어를 추가했다('지불수단으로서'는 부사어의 여러 형태 중에서 '체언 + 부사격 조사' 꼴이다. '-로서'는 신분이나 자격을 나타내는 부사격 조사다). "지불수단으로서"라는 부사어는 "(가치가) 있다"는 동사를 꾸며준다.

문구 하나를 간단히 덧붙인 것에 불과하지만, 그 덕분에 사례 3번 문장의 의미가 아주 명확해졌다. 그리고 이 문장을 읽는 사람도 일부 전문가들이 걱정하는 암호화폐의 문제점이 어떤 측면인지 정확하게 이해할 수 있을 것이다. 이것도 역시 글쓰기 기술로서 부사어를 십분 활용한 예라 할 수 있다.

그렇다. 지금껏 줄곧 반복하며 말했지만, 부사어는 필수 성분이 아니라 수의 성분(부속 성분)이다. 그래서 부사어를 쓰지 않는다 해도 문장을 구성하는 데는 무방하다.

그러나 오늘 살펴본 사례들처럼 어떤 경우에는 부사어를 쓸 때 해당 문장의 묘사가 치밀해지거나 논거가 강화되기도 한다. 그리고 그로 인해 독자가 그 글에 더욱 쉽게 매료되거나 설득당한다. 한마디로 부사어를 잘 쓴 덕택에 문장에 매력과 밀도가 생기는 때가 있는 것이다. 이처럼 **문장에 매력과 밀도를 만드는 부사어는 명목상 선택 사항이지만, 실질적으로는 필수 사항이다. 치장이나 장식이 아니라, 사실상 본질·실체다.**

우리나라는 동사와 형용사가 발달한 만큼 그것들을 꾸며주는 부사어 역시 매우 복잡하고 다양하게 발달해있다. 이는 바꿔 말하면 부사어를 잘 활용할수록 동사와 형용사를 본래 의미에 비해 더욱 깊이 있고 넓은 범위로 사용할 수 있다는 얘기이다. 동사와 형용사는 국어의 서술성을 강화하는 핵심 요소들인데, 국어의 서술성은 국어를 다른 나라의 언어들과 구별 짓는 한국어 고유의 특징이다. 따라서 **부사어를 제대로 이해하고 있다면 국어를 국어답게 만드는 데 달인이 될 수 있다.**

[2] 부사어에도 짝이 맞는 서술어가 있게 마련이다

오늘의 잘못된 문장

사례 1

"하여튼 여간 재밌는 경험이었다."

사례 2

"일본인들은 모두 예의를 잘 지키는 줄로 배웠었다."

사례 3

"나는 특히 요즘에 이처럼 이기적인 사람들이 늘어난 것 같다는 생각이 들었다."

- 〈크리티카 논술·구술면접 아카데미〉 수강생의 글 中

짚신도 짝이 있고 음식 간에도 궁합이 있듯이, 부사어에도 부사어마다 호응이 잘되는 서술어가 있다. 예를 들어 '비록'이란 말 뒤에는 으레 '…ㄹ지라도'나 '… 하더라도' 등을 붙이는 식이다. '비록'이라는 부사어는 '… ㄹ지라도/… 하더라도'라는 서술형 표현과 짝이 맞는 것이다. 그리고 이렇게 **서로 궁합이 잘 맞는 표현들이 존재하는 경우, 그 표현들은 서로 '호응성(呼應性)'이 있다고 말한다. 사실 이러한 '호응성'은 문법상 규칙은 아니고, 그저 국어를 사용하는 사람들 사이에서 형성된 통례나 관습에**

불과하다. 외국어에 빗대자면 해당 외국어를 쓰는 사람들이 보편적으로 사용하는 숙어나 관용구인 셈이다.

그러나 한낱 통례·관습일지라도 한국어 사용자들 사이에서 숙어나 관용구처럼 쓰이는 일정한 표현법이라면, 그 표현법 역시 국어 문법에 준하는 지위를 갖는다. 만약 대부분의 사람이 마치 정해진 법칙처럼 특정한 방식으로 무엇인가를 표현하고 있음에도 본인만 타인들과 완전히 다른 방식으로 해당 내용을 표현한다고 생각해보라. 예를 들어 '비록 … ㄹ지라도' 같은 문구를 본인 혼자서만 '비록 …에 따라서'라는 식으로 쓴다고 상상해보자. 다른 사람들은 당신의 표현에서 어색함을 느낄 것이고, 심한 경우 당신의 말뜻을 이해하지 못할 것이다. 결국 소통은 실패할 테고, 그러한 상황이 재차 반복되면 당신은 그 공동체의 언어 세계에서 소외되고 고립될지도 모른다.

그래서 숙어나 관용구는 인간의 언어 세계에서 (성문법은 아닐지라도) 불문법이나 다름없다. [오늘의 잘못된 문장]의 사례 세 개는 모두 이 같은 불문법을 어긴 문장들이다. 특히 **'부사어'를 사용할 때 짝이 맞지 않은 서술어를 사용해서 문제가 된 사례**들이다. 그래서 읽는 사람으로 하여금 문장들이 하나같이 어딘가 어색하고, 통속적인 규준을 벗어난 것 같은 기분을 준다. 지금부터 한 문장씩 분석해보면서 문장 속 어디가 어떻게 부사어와 서술어 간의 '호응성'을 어겼는지 알아보자.

오늘의 잘못된 문장 - 다시보기

사례 1

"하여튼 여간 재밌는 경험이었다."

사례 1번 문장 "하여튼 여간 재밌는 경험이었다."에서 문제점은 "여간"이라는 부사가 "경험이었다"라는 서술어와 호응이 되지 않는다는 것이다.

'여간'이라는 부사는 주로 부정(否定) 서술어와 호응한다. 부정 서술어라는 것은 문자 그대로 부정(否定), 즉 무엇인가에 대해서 아니라고 말하거나 반대하는 뜻을 드러내는 서술어를 말한다.

부사어 중에서 '여간, 여간만/전혀, 전연/별로/좀처럼, 좀체, 조금도/당최, 도무지, 영/그다지/정작/일체, 일절' 같은 것들이 부정 서술어와 짝을 맺는 것들이다. 그래서 '여간'이라는 부사도 '⋯ **아니다./않다.**'라는 서술어와 짝이 맞는다. 그래서 사례 1번 문장은 다음과 같이 써야 옳다.

오늘의 잘못된 문장 - 사례 1 고쳐 쓰기

(1) "하여튼 <u>여간</u> 재밌는 <u>경험이 아니었다.</u>"

(2) "하여튼 <u>여간</u> 재밌는 <u>경험이 아닐 수 없었다.</u>"

참고로 원래 문장이 과거형이었기 때문에, 원 문장의 시제를 그대로 반영하여 고친 문장에서도 부정 서술어를 과거형 '⋯ 아니었다./없었다.'로 썼다.

오늘의 잘못된 문장 - 다시보기

사례 2

"일본인들은 모두 예의를 잘 지키는 줄로 배웠었다."

사례 2번 문장 "일본인들은 모두 예의를 잘 지키는 줄로 배웠었다."에서 문제점은 "줄로"라는 부사어가 "배웠었다"라는 서술어와 호응이 되지 않는다는 것이다.

'줄'은 어떤 방법, 속셈 등을 일컫는 의존 명사다. 의존 명사는 의미가 실질적이지 않고 형식적인 차원에 불과하여, 다른 말과 더불어 쓰이는 명사다.

예를 들어 '것/데/뿐/따름/수/대로/만큼' 등이 모두 의존 명사들이다. 일례로 "말할 수 없는 비밀이다. 내가 아는 만큼만 알려 줄 따름이다."라는 문장에서 밑줄 친 '수, 만큼, 줄, 따름' 부분이 바로 의존 명사가 실제로 활용된 경우다. 모두 각자 바로 앞에 있는 말들에 기대서 뜻을 보강하고 있다. '수'는 바로 앞의(이하 생략) "말할"에, '만큼'은 "아는"에, '줄'은 "알려"에, '따름'은 "(알려) 줄"에 기대어서 본연의 의미를 밝히고 있는 셈이다.

사례 2번 문장 "일본인들은 모두 예의를 잘 지키는 줄로 배웠었다."에서 의존 명사 '줄'도, 바로 앞의 말 "(잘) 지키는"에 기대서 뜻을 구체화한다. 그런데 이 의존 명사 '줄'을 부사어로 보는 이유는, 바로 앞의 말 "지키는"이 동사의 관형형이기 때문이다('관형형'이라는 말이 어렵다 생각되면 그냥 이 말은 뺀 채, '동사'라고 이해해도 무방하다).

우리가 앞서서 부사어를 공부할 때 부사어의 정의가 무엇이라고 배웠는지 기억하는가. '용언, 즉 동사나 형용사의 내용을 한정 짓는 문장성분'이라고 배웠다.

사례 2번 문장에서 의존 명사 '줄'도 바로 앞에 있는 동사(의 관형형), "지키는"의 내용을 한정 짓는다. 그래서 의존 명사이기는 한데 이 문장 안에서는 부사어의 성격을 지니고 있기 때문에, 사례 2번 문장에서 '줄'을 부사성(性) 의존 명사라고 할 수 있다. 부사성 의존 명사는 부사어의 여러 형태 중에 하나다. 그래서 사례 2번 문장에서 '줄'이 부사어인 것이다.

그런데 **'줄'이라는 부사어는 주로 '… 모르다./알다.'처럼 인식·인지 여부를 나타내는 서술어와 호응한다.** "그는 거짓말을 할 줄 모른다." "네가 그럴 줄은 몰랐다!" "내가 독일어를 할 줄 안다." "그들이 성공할 줄 알았다!" 등 '줄'이 나오면 으레 뒤따라서 서술어로 '… 모르다./알다.'를 활용한 표현이 뒤따르게 마련이다.

그래서 사례 3번 문장처럼 "줄" 다음에 "배웠었다."와 같이 '… 모르다./알다.'와 무관한 표현이 등장하면 보는 사람이 어색하다. 그래서 사례 1번 문장은 다음과 같이 써야 옳다.

오늘의 잘못된 문장 - 사례 2 고쳐 쓰기

(1) "일본인들은 모두 예의를 잘 지키는 **줄 알았다**."

(2) "일본인들은 모두 예의를 잘 지키는 **줄로 알았다**."

참고로 원래 문장이 과거형이었기 때문에, 원 문장의 시제를 그대로 반영하여 고친 문장에서도 서술어를 과거형 "… 알았다."로 썼다. "몰랐다"라는 서술어를 쓸 수도 있지만, 이 문장 맨 앞에 나온 '일본인들은'이

라는 표현과 내용상·발음상 매끄럽게 연계되지 않기 때문에 차라리 "알았다"는 서술어를 쓰는 것이 훨씬 낫다고 생각한다.

2005년에 한국에서 〈미안하다 사랑한다〉라는 드라마가 방영됐다. 드라마도 인기였지만, 드라마의 OST 중에서 가수 박효신이 부른 주제곡 〈눈의 꽃〉도 상당히 유명했는데 이 곡 가사 중에 이러한 대목이 있다[원곡은 일본의 가수 中島美嘉(나가사키 미카)의 '雪の華(눈꽃)'이다].

- "무엇이든 다 해주고 싶은 그런 게 사랑인 줄 배웠어요."

이 문장도 방금 살펴봤던 사례 2번 문장과 문법적으로 동일한 부분에서 문제가 발생했다. 사례 2번 문장을 고쳐 썼던 원리와 똑같은 방식으로 각자 이 가사를 한번 수정해보자.

오늘의 잘못된 문장 - 다시보기

사례 3

"나는 특히 <u>요즘에</u> 이처럼 이기적인 사람들이 늘어난 것 같다는 생각이 <u>들었다.</u>"

마지막으로 사례 3번 문장 "나는 특히 요즘에 이처럼 이기적인 사람들이 늘어난 것 같다는 생각이 들었다."에서 문제점은 "요즘에"라는 부사어가 "(생각이) 들었다"라는 서술어와 호응이 되지 않는다는 것이다.

부사어 "요즘에"는 현재 시제를 나타낸다. 그런데 막상 서술어("들었다")

는 과거 시제다. 둘은 시제가 다르다. 그래서 이 문장은 논리적으로 틀렸다(참고로 시제란, '글쓴이·발화자 입장에서 어떤 사건이나 사실이 언제 일어났는지를 과거·현재·미래의 형태로 나타내는 것'을 말한다). 따라서 사례 3번은 부사어 "요즘에"에 맞춰서 서술어도 현재 시제로 바꿔야만 내용과 형식 측면에서 올바른 문장이 된다. 다음은 이와 같은 방식으로 고쳐 쓴 예시다.

오늘의 잘못된 문장 - 사례 3 고쳐 쓰기 Ⅰ

"나는 특히 **요즘에** 이처럼 이기적인 사람들이 늘어난 것 같다는 생각이 **든다**."

아니면 아예 "요즘에"라는 말을 삭제한 뒤, 서술어를 현재 시제로든 과거 시제로든 본인이 원하는 대로 택일해서 쓰는 방식도 있다. 시간을 나타내는 부사어 "요즘에"를 없애버리면 서술어의 시제로 무엇을 쓰든 제약이 없기 때문이다. 다음은 이와 같은 방식으로 고쳐 쓴 예시다.

오늘의 잘못된 문장 - 사례 3 고쳐 쓰기 Ⅱ

"나는 특히 이처럼 이기적인 사람들이 늘어난 것 같다는 생각이 **든다**(또는 **들었다**)."

'불문율'이라는 말이 있다. 사람들이 암묵적으로 지키는 규율·규칙 등을 일컫는 말이다. 오늘 배운 내용처럼 특정한 부사어가 특정한 서술어

하고만 호응하는 것도 이를테면 한국어 용법상 불문율이다. 이번 장(章) 앞쪽에서 불문법이라는 말이 나오는데, 불문율은 불문법과 유의어다.

사실 영구불변하는 법칙은 없다. 제아무리 불문율이라도 어느 순간 사람들의 언어 습관이 바뀌면 불문율도 바뀌게 마련이다. 불문율은 문서로 기록된 형태도 아니기 때문에 오히려 바뀌려면 더욱 쉽고, 빠르게 변할 수도 있다.

그러나 불문율이 명백히 변화되기 이전까지는 불문율을 지켜야 한다. 불문율을 어기면 사회적으로 약속된 규칙을 어긴 셈이고, 그렇게 사회성을 잃은 언어는 전달력이나 설득력이 없다. 그것이 글쓰기 행위라면 소위 비문(非文)이다.

따라서 글을 쓸 때는 단어나 어절 등을 하나씩 독립적으로 신경 쓰는 것도 중요하지만, 두 개 이상의 단어나 어절 등이 서로 잘 어울리는지도 세심하게 신경 써야 한다. 바로 그 '어울림'이 불문율이고 그것이 갖춰져야 비로소 글다운 글, 그리고 올바른 글이라 할 수 있다.

III. 문장의 독립성분 정복하기

잘 쓰면 약, 잘못 쓰면
독이 되는 접속부사

잘 쓰면 약, 잘못 쓰면 독이 되는 접속부사

오늘의 잘못된 문장 - 다시보기

사례 1

"저녁에 먹은 음식이 체했는지 일단 배가 아팠다. 그런데 저녁때부터는 머리도 아프기 시작했다."

사례 2

"연예계의 생태계는 기획사와 연예인과 팬과 팬이 아닌 대중들로 구성된다."

― 〈크리티카 논술·구술면접 아카데미〉 수강생의 글 中

이제 드디어 국어의 문장성분 7개 중에서 마지막, '독립어'를 배울 차례다. 독립어는 다른 문장성분들과 관련이 없다고 해서 독립어다. **독립어는 다른 문장성분들과 연계성이 없이, 오직 홀로 쓰이는 말이다.**

독립어가 성립되는 방식과 형태는 총 세 가지다.

첫째는 감탄사다. 감탄사 그 자체가 곧 독립어인 셈이다. 다음은 그 예시들이다.

- <u>젠장!</u> 왜 이렇게 차가 막혀!
- <u>앗</u>, 미안. 실수야.
- <u>응?</u> 나 부른 거야?

밑줄 친 '젠장' '앗' '응'이 감탄사이고, 즉 독립어다. 표준어는 아니지만, 한때 대단한 유행어였던 "헐!"도 감탄사, 즉 독립어다. 사실 감탄사는 사람들이 글을 쓸 때 잘못 쓰는 경우가 거의 없다. 그래서 감탄사 형태의 독립어는 "아! 이런 것이 있구나."하고 이해하면 충분하다.

둘째는 **명사 + 호격조사인 '아/야'**의 경우다. 호격조사라는 것은 호(呼, 부를 호), 즉 누군가를 '부를 때' 쓰이는 조사다. 예를 들어 "상순아." "효리야."에서 밑줄 친 '…<u>아</u>' '…<u>야</u>'가 바로 호격조사다. 그리고 '상순' '효리'는 명사이므로, "상순<u>아</u>" "효리<u>야</u>"는 **명사 + 호격조사 '아/야'**의 형태를 띠고 있는 것이다.

그런데 **명사 + 호격조사 '아/야'**의 경우도 앞서 감탄사와 마찬가지로 사람들이 글을 쓸 때 잘못 사용하는 경우가 거의 없다. 따라서 이런 형태의 독립어도 "아! 그렇구나."하고 이해하면 그만이다.

셋째는 '접속부사'다. '접속부사' 그 자체가 독립어다. 그리고 글을 잘 쓰려는 이들은 독립어의 세 가지 형태 중에서 바로 이 '접속부사' 형태를 가장 신경 써야 한다. 사람들이 글을 쓸 때 독립어의 형태 중에서 제일 잘못 쓰는 경우가 바로 '접속부사'이기 때문이다.

'접속부사'란, 체언이나 문장의 앞과 뒤를 이어주면서 뒤에 나오는 체언 또는 문장을 꾸며주는 부사다. 한국인이 흔히 '접속어'라고 말하는 것들, 예를 들어 '그리고, 그래서, 그러므로/그러나, 하지만, 그렇지만/또는, 또, 또한, 및, 혹은/더구나, 하물며, 따라서/곧, 즉' 등이 '접속부사'다.

'접속부사'는 체언 혹은 문장의 앞과 뒤를 이어주면서 뒤에 나오는 체언 또는 문장을 꾸며주기 때문에, '접속부사'는 읽는 사람이 느끼기에 논리적으로 문제가 있으면 그 '접속부사'는 잘못 쓴 것이다. 쉽게 말해 '그리고'를 써야 할 자리에 '그러나'를 쓰거나, '더구나'를 써야 할 자리에 '곧' 또는 '즉'을 쓴다면 그것은 잘못된 글쓰기다. "설마, 그런 사람이 많을까." 하고 반문하는 사람이 있을지도 모르겠지만, 실제 사람들의 글을 보다 보면 접속어를 잘못 쓴 사례가 부지기수다.

그리고 [오늘의 잘못된 문장]의 사례 1 그리고 사례 2 모두 **접속부사를 잘못 썼거나, 제대로 활용하지 못한 경우**들이다. 지금부터 각 사례에서 무엇이 문제인지, 그리고 어떻게 고쳐 쓰는 것이 옳은지 알아보자.

오늘의 잘못된 문장 - 다시보기

사례 1
"저녁에 먹은 음식이 체했는지 일단 배가 아팠다. <u>그런데</u> 저녁때부터는 머리도 아프기 시작했다."

오늘의 잘못된 문장 - 사례 1 고쳐 쓰기

"저녁에 먹은 음식이 체했는지 일단 배가 아팠다. <u>그리고</u> 저녁때부터는 머리도 아프기 시작했다."

사례 1번 문장은 접속부사를 엉뚱하게 썼다. 앞서도 말했듯이 접속부사는 접속부사가 쓰인 앞쪽과 뒤쪽을 논리적으로 연계시켜주는 역할을 하기 때문에, 글쓴이는 글 내용의 흐름상 적절한 접속부사를 쓸 줄 알아야 한다. 그런데 사례 1번 문장의 "…. 그런데 …"는 글 내용의 흐름상 결코 올바른 접속어라고 보기 힘들다.

접속부사 '그런데'는, '그런데'가 쓰인 앞쪽 내용과 뒤쪽 내용이 상반될 때 쓴다. 그래서 '그런데'를 **역접 접속부사**라고 부르는 것이다. 역접(逆接)이란 앞 내용이 뒤 내용과 일치하지 않음을 드러내는 말이다.

그렇다면 사례 1번은 앞 문장과 뒤쪽 문장이 상반되는가? 혹은 서로 일치하지 않는 것인가? 그렇지 않다. 오히려 앞 문장과 뒤의 문장은 시간상으로도 이어지는 내용인 데다, 논리적으로도 서로 연속성이 있다. 사례 1번 문장을 논리적으로 구성하면 다음과 같다.

- 체했다. → 처음에는 배만 아팠다. → 점차 머리도 아팠다.

배가 아픈 것과 머리도 아픈 것은 모두 체한 일에서 비롯되었다. 다시 말해 이 문장대로라면 복통과 두통은 근원이 같다. 근원이 서로 같기 때문에 이 둘은 상반되는 내용이 아니다. 오히려 복통은 선행 사건이고, 두통은 후행 사건이다. 그리고 그 둘은 시간상 선후 관계이고, 논리적으로도 순접 관계다. **순접(順接)은 역접의 반대말로서, 앞쪽 내용과 뒤쪽 내용이 상반되지 않고, 서로 일치함을 드러내는 말이다.**

따라서 사례 1번 문장의 '그런데'는 순접 접속어로 바꾸어야 한다. 순접 접속어에는 '그리고, 그래서, 그러니, 그러므로 …' 등이 있는데, 사례 1번 같은 경우는 내용상 '그리고'를 쓰는 것이 타당하다. '그리고'를 써야 배가 아프다는 상황과 머리가 아파지기 시작한 상황이 서로 시간상 이어지고 있고, 논리적으로도 두 경우 모두 체했기 때문에 일어난 사건임을 설명할 수 있다. 다음은 사례 2번 문장을 살펴보자.

오늘의 잘못된 문장 - 다시보기

사례 2

"연예계의 생태계는 <u>기획사와 연예인과 팬과 팬이 아닌 대중들로</u> 구성된다."

오늘의 잘못된 문장 - 사례 2 고쳐 쓰기

"연예계의 생태계는 <u>기획사와 연예인, 그리고 팬 및 그 외의 대중들로</u> 구성된다."

사례 2번 문장은 단어들을 너무 병렬로 연결한 점이 문제다. 그것도 '-와/-과'처럼 발음이 비슷한 격조사를 너무 많이 늘어놓았다. 그래서 문장에 재미가 없다. 글에 변화를 줄 만한 부분에서조차 계속 같은 형식과 발음이 이어지니까 문장을 읽을 때 편하지가 않다. 내용이야 틀린 얘기는 아니지만, 글의 미적인 부분에서만큼은 분명히 실패했다.

'-와/-과'는 문법상 **공동격조사(共同格助辭)**라고 한다. 공동격조사는 체언 따위 등에 붙어서 앞뒤의 말들이 서로 대등하거나 함께하는 관계임을 드러낸다. 예를 들어, '사과와 배'에서 사과와 배는 둘 다 엄연히 하나의 과일로서 서로 대등한 사물이고, 또 과일의 일종이라는 점에서 둘은 하나로 묶일 여지도 있다. 바로 이러한 경우에 공동격 조사 '-와/과/하고'를 쓴다.

그런데 이렇게 대등하고 비슷한 종류의 사물이나 개념들을 나열할 때 그 사물·개념들을 연결하는 말이 두 번 이상 반복되면 문장은 읽기 지루해진다. 마치 우리가 음악을 들을 때 멜로디나 리듬이 지나칠 정도로 단조롭고 오래 반복되면 그를 감상하는 것이 어려운 것처럼 말이다.

마찬가지다. 아무리 옳은 소리도 말하는 방식에 문제가 있으면 듣기 싫듯이, 글의 내용이 아무리 논리적으로 맞더라도 내용을 다듬은 방식이 투박하면 보는 사람은 '글에 무엇인가 변화가 있었으면…' 하고 바라게 된다. 따라서 사례 2번 문장에도 재미난 리듬이 있어야 한다.

그렇기 때문에 단어들을 이어 붙이되, 같은 방식이 두 번쯤 반복되면 다른 방식으로 바꾸는 게 낫다. 고쳐 쓰기 예시에서는 원래 "…와 …과 …과" 형태였던 글을 "…와 …그리고 … 및" 형태로 바꿨다. 원래 문장은 '-과' 류(類)의 발음만 홍청댔다면, 바뀐 문장에서는 '-와/-고/-및'처럼 여러 종류의 발음들을 써서 개성 있는 리듬을 만들어냈다.

여기서 "그리고"와 "및"은 접속부사, 즉 쉽게 말해 접속어들인데, 이 접속어들은 공동격조사와 비슷한 역할을 한다. 한마디로 '그리고/및'은 '-

와/과'와 글을 쓸 때 서로 대체재다. 참고로 한국어에서 대체할 수 있는 말들을 많이 알면 알수록, 글을 쓸 때도 가독성 좋은 문장들 그리고 내용도 풍부한 문장들을 구사할 수 있다.

접속부사는 건축물로 비유하자면 일종에 가교(架橋, 다리 놓기)다. 체언이나 문장들을 서로 연계하기 때문이다. 인간의 글은 결코 한두 문장으로 끝날 수 없다. 수십, 수백, 수천 가지 문장들이 모여야 글쓴이의 의중을 밝힐 만한 글이 나온다. 따라서 접속어를 잘 활용하는 일은, 글을 순조롭게 구성하고 완성도 있게 마무리 지으려면 반드시 유념해야 할 사항이다.

[오늘의 잘못된 문장]에서 봤듯이 **접속부사는 잘 쓰면 약이고, 못쓰면 독이 된다.** 그 문장의 내용에 정확히 들어맞지 않는 접속부사를 쓰면 사례 1번 문장에서처럼 글에 오류가 생길 수 있다. 한편 접속부사를 다양하게 활용해서 글에 '읽는 맛'을 살릴 수 있음에도 불구하고 그를 전혀 활용하지 못하면, 사례 2번 문장에서처럼 뜻은 맞지만 읽기는 싫은 글이 된다.

독립어는 다른 문장성분들에 비해서 성립방식이나 형태는 상대적으로 매우 간단하지만, 쓰임새만큼은 결코 녹록지 않다. 문장성분의 마지막 단계인 독립어를 실수 없이 사용할 줄 알아야, 본인의 글쓰기 기본기도 순조롭게 매듭지을 수 있을 것이다.

IV. 조사와 어미 정복하기

1. 조사나 어미를 쓸 때
변화와 멋을 주자

[1] 조사나 어미를 쓸 때 변화와 멋을 주자

'-에'는 조사(助辭)의 일종이다. **조사는 주로 체언·부사·어미 등에 붙어서 뒤따라 나오는 말과의 문법적 관계를 드러내거나, 뒷말의 뜻을 구체화하는 역할**을 한다. '은/는, 이/가, 을/를, 와/과, 의 …' 등, 조사의 종류는 엄청나게 많다. 그만큼 한국어는 세계 어느 언어보다 조사가 가장 발달했다고 말해도 결코 과장이 아니다. 예를 들어 "그만큼 한국어는 세계 어느 언어보다 조사가 가장 발달했다고 말해도 결코 과장이 아니다." 이 한 문장 안에서만 해도 조사가 총 5개(-는, -보다, -가, -고, -이)나 쓰였다. 12개의 어절 중에서 조사가 무려 다섯 군데에나 쓰인 셈이다. 비율로 치자면 약 41.6% 분량이다. 비근한 예지만 이것만 보더라도 한국어를 잘하기 위해서 얼마나 조사를 잘 이해하고 활용해야 하는지를 알 수 있다.

한편 조사 '-에'와 발음이 비슷한 것으로, '-게'가 있는데 '-게'는 조사가 아니라 어미(語尾)다. 어미는 용언 및 서술격 조사가 활용하여 변하는 부분을 말한다. 용언은 문장에서 서술어 기능을 하는 동사나 형용사다. 용언에 '-게'가 붙는 예로서, 동사의 경우에는 '달리다 → 달리게, 말하다 → 말하게' 등, 형용사의 경우 '빠르다 → 빠르게, 예쁘다 → 예쁘게' 등을 들 수 있다. 반면 서술격 조사는 으뜸꼴이 '-이다'이다. 서술격 조사에 '-게'가 붙는 예로서 '진보적이다 → 진보적이게, 사람이다 → 사람이게' 등을 들 수 있다(다만, 예를 봐서 알 수 있듯이 서술격 조사에 '게'를 붙이는 것은 표현상으로나 의미상으로 썩 바람직하지는 않다. 일단 표현상 조금 어색하고, 상대방에게도 의미를 정확히 전달하기가 힘들다. 만약 서술격 조사에 '게'를 붙여야만 하는 상황이라면, 차라리 비슷한 효과를 낼 수 있는 것들로서 '-으로, -스럽게, -답게' 등으로 대체하여 쓰는 것이 낫다).

그런데 이러한 조사 '-에'와 어미 '-게'를 하나의 문장 안에서 같이 쓸 때 '-ㅔ' 발음이 연속되면서 글의 흐름이 어색해지는 경우들이 있다. 이번 장(章)에서 살펴볼 [오늘의 잘못된 문장]이 바로 그에 해당한다.

오늘의 잘못된 문장 - 다시보기

"1인 미디어 시대에 우리는 검증되지 않은 정보들에 무방비하게 노출되게 마련이다."

이 문장에서는 조사 '-에'와 어미 '-게'가 연속해서 등장하는데, 계속 '-ㅔ'로 끝나는 어절들이 이어지다 보니 발음이나 글의 흐름 측면에서 보는 사람 입장이 다소 불편하다. 문장이 매끄럽지 않다 보니 (아무런 죄도 없는) 내용까지도 왜인지 모르게 부족한 듯 보인다. 글의 형식 때문에 덩

달아 내용까지도 그 가치가 평가절하된 경우다.

[오늘의 잘못된 문장]에는 조사 '-에'와 어미 '-게'가 도합 네 번이나 등장한다. 조사 '-에'가 붙은 어절들이 "시대에" "정보들에"이고, 어미 '-게'가 붙은 어절들이 "무방비하게" "노출되게"이다. 한 문장 안에 공존하기에는 비슷한 종류의 발음들이 지나칠 정도로 많다. 비슷한 종류의 발음들은 한 문장 안에서 최소 두 번 내외 정도로 줄이는 것이 낫다. 따라서 이 네 개 중 반드시 한 개 이상은 발음상 '-에'가 아닌 표현들로 고쳐 써야 한다.

우선 '-에'로 표현된 네 개 중에서 한 군데만 고친다면 다음과 같이 써 볼 수 있다.

> **오늘의 잘못된 문장 - 고쳐 쓰기 I**
>
> "1인 미디어 시대에 우리는 검증되지 않은 정보들에 무방비하게 노출될 수밖에 없다."

'-에'가 네 개나 존재했었던 본래 문장보다는 한결 편하게 읽힌다. 그러나 아직도 '-에'가 세 개나 있는 탓에 매끄럽게 읽히는 편은 아니다. 한 개만 더 줄여보자.

> **오늘의 잘못된 문장 - 고쳐 쓰기 II**
>
> "1인 미디어 시대에서 우리는 검증되지 않은 정보들에 무방비하게 노출될 수밖에 없다."

"시대에"를 "시대에서"로 바꿔, '-에' 발음이 '-ㅓ'로 끝나도록 바꿨다. '-에'로 범벅이 된 문장을 조금 다른 어감의 표현들로 희석시킨 것이다. '-에'가 두 개뿐이라 확실히 [오늘의 잘못된 문장 고쳐 쓰기 I]의 문장에 비하여 글이 더욱 편하고 매끄러워졌다.

그럼에도 불구하고 [오늘의 잘못된 문장 고쳐 쓰기 II] 문장은 왜인지 모르게 어디인가 읽기 불편한 구석이 있다. 그 이유는 바로 "정보들에"와 "무방비하게"가 연속된 어절로 이뤄져 있기 때문이다.("… 우리는 검증되지 않은 정보들에 무방비하게 노출…") "-게"가 앞뒤로 곧바로 이어져 있다 보니 같은 류(類)의 발음을 거듭해야 해서 문장의 흐름이 매끄럽지 않다고 느끼는 것이다. "-게"는 일종에 개방형 발음인데, 입을 벌리고 소리를 내뱉는 일을 연이어서 하려니 어색할 수밖에 없다.

그렇다면 이번에는 이 부분을 수정해보자.

오늘의 잘못된 문장 - 고쳐 쓰기 III

"1인 미디어 시대에서 우리는 검증되지 않은 정보들에 무방비한 상태로 노출되게 마련이다."

'무방비'란 단어는 주로 '무방비하다'라는 으뜸꼴로 활용한다. '무방비하다'는 '무방비하게'처럼 부사형으로도 쓸 수도 있지만, '무방비한'처럼 형용사형으로도 쓸 수 있다(정확히 말하면 관형사형 혹은 관형형이라고 말한다). [오늘의 잘못된 문장 고쳐 쓰기 III] 문장은 '무방비하게'라는 부사형을 '무방비한'이란 형용사형으로 고쳐 씀으로써, "-게"가 연쇄되는 일을 피했

다. 그리고 '무방비한'이 형용사형이니까 뒤에 명사 '상태'란 말을 붙여서 문법적으로 '무방비한'이 관형절 역할을 할 수 있도록 문장을 완성했다.

"-게"의 개수를 극단적으로 줄이는 것도 가능하다. 일례로 "-게"의 개수를 오직 한 개만 남겨놓고 나머지는 모두 수정하고 싶다면 다음과 같이 고쳐 쓸 수 있다.

오늘의 잘못된 문장 - 고쳐 쓰기 Ⅳ

"1인 미디어 시대에서 우리는 검증되지 않은 정보들에 무방비한 상태로 노출될 수밖에 없다."

잘못 쓴 문장 중에는 내용에 문제가 없음에도 불구하고 형식 측면에서 미흡한 경우도 있다. 형식이 미흡하여 보는 사람이 읽기 불편한 문장은 좋은 글이 아니다. 발음상 비슷한 유형의 표현들이 한 문장 안에 너무 많이 섞여 있는 것도 그에 해당한다.

따라서 글을 쓸 때는 자신의 문장을 한번 차분하게 혼잣말로 읽어볼 필요가 있다. 읽을 때 문장이 자연스럽게 읽히질 않고 어디인가 유연하지 못하다는 기분이 든다면, 그 지점이 바로 글을 잘못 쓴 부분이다. 그럴 때마다 **조금 더 자연스럽고 유연한 표현들로 고쳐 쓰는 습관을 들이도록 하자.** 조금은 귀찮고 번거로울지 몰라도 문장의 형식·발음까지 신

경 쓰며 글을 쓰다 보면 훗날 자신의 글쓰기 실력이 일취월장했음을 알
게 될 날이 반드시 올 것이다.

2. 어미 '-은/는'을 남용하지 말라

[2] 어미 '-은/는'을 남용하지 말라

'-은/는'은 한국인이 즐겨 쓰는 어미(語尾)다. **주로 해당 어절(語節)이 관형어 역할을 하게끔 만들고 싶을 때 사용한다. 관형어 기능을 하기 때문에 '은/는'을 사용한 어절은 뒤이어 나오는 말들을 꾸며줌으로써 그 내용을 보충한다.** 예를 들어 '수준 높은 글을 잘 쓰는 사람'처럼, '수준 높은'이란 말은 '글'을 꾸며 보충해주고, '잘 쓰는'이란 말은 '사람'을 꾸며 보충하는 것이다. 따라서 글을 쓸 때 수식이 필요한 경우에 활용도가 무척 높은 어미다. 하지만 뭐든 과하면 부족함만 못하듯이, **'은/는'이 남용되면 문장을 망친다.** 이번 장(章)에서 살펴볼 [오늘의 잘못된 문장]이 바로 그에 해당한다.

결론적으로 [오늘의 잘못된 문장]은 **의미 전달에 실패한 사례**다. '은/는'이 너무 많이 사용되어서 보는 이를 혼란스럽게 하기 때문이다. 세어

보면 '은/는'을 사용한 어절이 무려 5개나 있다. 문장은 1개인데, 의미 보충 및 수식은 5개나 존재하는 셈이다. 이건 인간의 뇌가 하나의 문장을 읽을 때 처리할 수 있는 정보량을 초과하는 수준이다.

과감히 몇몇 관형 어절은 뺐어야 한다. 그리고 꾸밈이 없거나 조금 덜한 어절로 문장 전체를 간소화하는 전략이 필요했다. 아니면 문장을 쉼표나 마침표로 둘 이상 나누어서 과부하된 정보를 분산시키는 전략도 좋다.

게다가 발음상 화자가 느끼는 질감도 부자연스럽다. 당신도 다시 한번 살짝 (소리 내어) 읽어보길 바란다. 문장 중간마다 무엇인가 발음상 막히는 느낌이 들 것이다.

"수많은 우연의 소용돌이에 감춰진 간절한 그들의 사랑을 이뤄낸 가슴 저미는 사연이다."

마지막 단어 '사연'은 '은/는' 어미가 쓰인 어절은 아니다. 그냥 단어 그 자체일 뿐이다. 그러나 그러잖아도 이미 앞에서 '은/는'처럼 발음상 닫히는 느낌의 글자들이 수없이 등장했는데 마지막 단어까지 '…ㄴ'처럼 역시 또 발음상 닫히는 느낌의 단어를 활용한 것은 패착이다. 결코 세련된 단어 선택이라고 볼 수 없다. 덕분에 처음부터 끝까지 의미도 모호하고 읽는 맛도 답답한 문장이 되어버렸다.

'은/는'은 발음상 닫히는 느낌을 준다. 읽는 순간 우리의 호흡도 살짝

정지한다. 그래서 '은/는'이 지나치게 많으면 그 문장을 읽을 때 왠지 모르게 답답한 기분이 드는 것이다. 앞의 문장은 (본의 아니게) 이런 답답함을 5번이나 선사한다. 마지막 단어까지 포함하면 6번이다.

　따라서 앞의 문장을 수정한다면 다음과 같이 고쳐볼 수 있을 것이다. 총 두 가지의 방법이 있다.

　일단 가장 쉬운 방법은 쉼표를 넣는 것이다. 꾸미는 말과 꾸밈을 받는 말이 멀리 떨어져 있거나, 꾸미는 말이 연속해서 이어질 때, 문장을 자연스럽게 만드는 가장 간단하고 대표적인 방식이 바로 '쉼표 넣기'다. 쉼표의 사전적 정의 중 일부가 바로, '바로 다음 말과 직접적인 관계에 있지 않음을 나타낼 때'이다. 그런 의미에서 쉼표의 기능은 수식 구문과 제법 관련성이 많다. 우선 쉼표를 넣어서 문장을 수정하면 다음과 같다.

오늘의 잘못된 문장 - 다시보기

"수많은 우연의 소용돌이에 감춰진 간절한 그들의 사랑을 이뤄낸 가슴 저미는 사연이다."

오늘의 잘못된 문장 - 고쳐 쓰기 I

"수많은 우연의 소용돌이에 감춰진, 간절한 그들의 사랑을 이뤄낸, 가슴 저미는 사연이다."

　조금 읽기 편해졌다. 그러나 여전히 뜻이 난해하고, 자연스럽게 읽히진 않는다. 이건 당초에 원(原) 글쓴이가 관형 어절을 너무 많이 넣었기 때문이다. 관형 어절이 5개나 존재하는데 그걸 해치지 않으면서 문장을 자연스럽게 고칠 수는 없다. 불가능이다.

이런 경우에는 본래 문장의 뜻은 살리되, 문장의 형체는 상당 부분 쇄신하는 식의 수정이 불가피하다. 이른바 전면 재수정이다. **특히 의미 보충 및 수식 부분의 개수를 줄이는 것이 관건이다.** 다음은 그렇게 전면적으로 재수정한 문장이다.

오늘의 잘못된 문장 - 고쳐 쓰기 Ⅱ

"수많은 <u>우연이</u> <u>뒤엉키다가</u> 그들은 서로의 사랑을 <u>깨닫는다</u>. 그들의 <u>간절함이 끝내 결실을 보는</u> 이 사연은 보는 이의 <u>가슴을 저민다</u>."

일단 문장을 둘로 나눠 정보의 과부하를 없앴다. 그리고 "소용돌이"처럼 뜻이 불분명한 비유는 '뒤엉키다'처럼 보다 명료한 단어로 바꿨다. 또 "감춰진"처럼 피동형(被動形) 표현은 '깨닫는다'처럼 보다 자연스럽고 능동적인 느낌이 들도록 수정했다. 본래 "사랑을 이뤄낸" 부분은 '끝내 결실을 보는'으로 바꿨고, "가슴 저미는 사연"은 '사연(이) … 가슴을 저민다'로 수정하여 관형 어절의 수를 줄였다. 총 5개였던 관형 어절은 결국 고쳐 쓰기 후 2개로 대폭 줄었다.

글을 쓸 때 꾸밈은 필요하다. 그러나 사람도 치장이 심하면 미용·패션

을 망치듯, **글을 쓸 때도 의미 보충 및 수식 등은 적정한 수준을 유지할 필요가 있다.**

글을 쓸 때 어미 '은/는'의 유혹은 강렬하다. 일단 쓰기가 편하고 써놓고 보면 그럴듯해 보인다. 그러나 앞서 봤듯이 그를 남용하면 의미가 난립하고, 읽을 때 우아하지 않게 된다. 내실도, 외관도 갖추지 못한 꼴이다. 꾸밈, 그 매혹을 적절히 즐기고 통제할 때 당신의 글에 품위가 생겨날 것이다.

V. 외래식 표현들
정복하기

1. '-적(的)'은 가급'적(的)'
쓰지 말자고요?

[1] '-적(的)'은 가급'적(的)' 쓰지 말자고요?

한자어 접미사인 '-적(的)'은 명사를 꾸며주는 용도로서 접미사들 가운데 가히 무적'(無敵)이다. '○○적(的)'을 명사 앞이나 뒤에 쓰면 그 명사는 '○○의 성격을 갖는/○○와 같은 상태인/○○와 관련된'과 같은 의미가 된다. 예를 들어 '추상적(抽象的) 답변'은 '구체적이지 않은 성격을 갖는 대답'을 뜻하고, '자연적(自然的) 형태'는 '작위적이지 않은 상태의 모양새'를 뜻하는 식이다. 또 '미적 취향'은 '아름다움과 관련한 기호(嗜好)'를 의미한다. 이처럼 '-적(的)'은 특정 명사의 뜻을 다소 포괄적이고 일반적인 차원으로 수식하려고 할 때 상당히 요긴하게 쓰일 수 있다. 그래서 글을 쓰거나 말을 할 때 최대한 '-적(的)'을 쓰고 싶은 유혹은 그만큼 매혹'적'이다.

하지만 뭐든 과하면 체하는 법인만큼 '-적(的)'도 지나치면 글에 문제가 생긴다. 일단 '-적(的)'이 반복되기 때문에 글을 읽을 때 그 맛이 어색하고, 내용도 조금 모호하거나 애매해진다. 한마디로 형식상으로든, 내용상으로든 '-적(的)'을 자주 반복하면 득 될 것이 없다.

읽는 맛이 어색해지는 것이야 쉽게 이해가 가도, 왜 '-적(的)'을 쓰면 내용이 모호해지는지 궁금할 것이다. 그건 '-적(的)'이 한자어에만 결합하기 때문이다. 특히 한자어 중에서도 상대적으로 관념적인 것을 뜻하거나 의미의 외연이 넓은 한자어와 자주 결합한다.

앞서 예를 들었던 것 중 '추상적'·'미적'의 경우에, '추상(抽象)'·'미(美)'는 다소 관념적인 것을 뜻하는 한자어들이다. 또 앞의 예 중에서 '자연적'의 '자연(自然)'은 의미의 외연이 넓은 한자어라고 볼 수 있다. 이처럼 관념적인 것을 뜻하거나 의미의 외연이 넓은 한자어와 자주 결합하기 때문에, '-적(的)'을 문장 안에 자주 쓰면 전체적으로 내용이 모호해지는 것이다.

따라서 '-적(的)'을 쓸 때 조심해야 한다. 한국어에서 '-적(的)'은 의미상 구체성을 띤 말과는 대부분 결합하지 않는다. 예를 들어 '연필的' '왼팔的' '오른팔的' '노래的' 등은 어색한 표현이다. 반면 '도구的' '신체的' '음악的'은 가능하다. 연필보다는 도구가, 왼팔·오른팔보다는 신체가, 노래보다는 음악이 상위개념이어서 그렇다. 상위개념은 대개 하위개념보다 뜻이 관념적이거나, 의미의 외연이 넓게 마련이다.

이 글 맨 앞에 제시한 [오늘의 잘못된 문장]은 **'-적(的)'을 남용한 사례**

다. '-적(的)'이 몇 번이나 나왔는지 세어보자.

무려 4번이나 등장했다. 문장 자체가 긴 것도 문제인데, 그 긴 문장 사
이사이로 모호한 말들이 포진해 있어서 글쓴이의 참뜻을 이해하기가 무
척 묘연하다. 특히 '철학적 숙제'라든가 '정신적 숙제'라는 말은 일반적으
로 쓰이는 표현도 아니어서 어떤 말인지 선뜻 감 잡기가 힘들다. 백번 양
보해서 글쓴이 나름대로 참신하게 만든 용어라고 해도 어떤 말일지 감
이 안 오는 건 마찬가지다. 따라서 훌륭한 조어(造語)라고 할 수 없다. 그
나마 [오늘의 잘못된 문장]에서 '-적(的)'을 올바로 쓴 경우는 '기계적인 삶'
과 '기념비적인 책' 정도다. '기계적'과 '기념비적'이란 말은 관용적인 표현
이라서 읽는 사람이 갸우뚱할 일은 없기 때문이다.

물론 "한 문장 안에 '-적(的)'은 ○○개 미만이어야 한다!"라는 원칙 따
위는 한국어에 없다. 그러나 상대가 읽었을 때 '-적(的)'이 너무 많거나 용
법이 지나치게 자의적이어서 글쓴이의 참뜻을 이해하는 데 방해가 된다
면, 분명 그 개수를 줄이거나 조금은 더 구체성을 띤 표현들로 대체할
필요가 있다. 다음은 [오늘의 잘못된 문장]을 고쳐 쓴 예시다.

"① 아마 사람에 따라 취향에 맞지 않는 책일지도 모른다. ② 그러나 한때 상당히 유행했던 작품이었고, **철학처럼 난해한 고민거리**까지는 아니더라도 그동안 기계적인 삶 속에서 주체성 없이 살았던 사람들에게 **나름 자아성찰의 계기**를 제공할 만한 기념비적인 책이라고 여긴다. ③ 때문에 작품에 관해 글로 써보는 바다."

일단 본래 예문이 문장 1개로 지나치게 길었던 탓에, 문장을 세 개로 나눠 썼다. 내 생각에 본래 예문은 내용상 크게 3개의 의미 구역을 띤다. ① (지금 글쓴이가 설명하려는 책이) 누군가의 취향에 맞지 않을 수도 있다는 점, ② 그럼에도 불구하고 이 책의 내용에는 유의미한 문제제기들이 많다는 점, ③ 따라서 본인은 해당 책에 대해 글을 써보려고 다짐했다는 점, 이렇게 3개다. 본래 예문은 이 많은 구역을 어떻게든 한 문장으로 처리하려고 했다. 아무리 생각해도 그건 무리다. 따라서 예문의 글쓴이가 원래 갖고 있던 '장문에의 의지'는 최대한 존중하되, 문장이 갖춰야 할 적정 길이를 만족시키는 선에서 ①·③ 부분은 단문으로 처리하고 ② 부분만 장문으로 살렸다. 그래서 고쳐 쓴 글은 ①, ②, ③, 총 3문장으로 구성된 구조가 된 것이다.

그리고 '철학적 숙제'라는 말은 "철학처럼 난해한 고민거리"로 바꿨다. 예문의 글쓴이는 자신의 글을 내게 첨삭받던 당시에, '고차원적인 사고행위' 또는 '어렵고 수준 높은 사변' 등을 말하고 싶어서 "철학적 숙제"라는 표현을 썼다고 내게 털어놓았다. 단지 자기가 글을 쓸 땐 도무지 '고차원적인 사고'라든가 '고매한 사변' 같은 표현들이 떠오르지 않아 어쩔 수 없이 조금 모호하고 애매하지만 "철학적 숙제"라는 말을 지어냈다는 것이다. 그래서 난 그 학생의 본래 의도를 최대한 존중하되, 문장 안에 '-적(的)'의 개수를 줄이는 차원에서 "철학처럼 난해한 고민"으로 고쳐 표현했다. 물론 '차원이 높은 사고'라든가 '고매한 사변'이란 표현도 가능하지만, 그 말 말고도 문장 안에 무게감 있는 단어들이 너무 많은 탓에 약간은 평이하게 풀어쓰는 방식을 택했다.

그리고 '숙제'는 순수 한국어인 의존명사 '거리'로 바꿨다. '숙제'는 문자 그대로 '교육 과제'(homework)라는 개념으로 쓰는 것이 아닌 이상, 그 외의 경우에는 문학적인 비유가 되어버리기 십상이다. 문학적인 비유는 상징과 은유의 성격이 강한 반면, 구체성과 명확성은 약하다. 소설이나 시(詩)를 쓰는 것이라면 문학적인 비유도 무방하겠지만 적어도 이 예문은 자기주장을 정확히 논증하듯이 쓰는 것이 분위기상 맞다. 자신이 읽은 책이 불특정 다수에게 어떤 의의나 가치를 지니는지 설시하는 문장이기 때문이다. 그러므로 '숙제'처럼 명징하지 않고, 추상적인 단어는 피하는 것이 옳다. 따라서 "해당 책을 읽는 사람은 모두 그 책 덕분에 무엇인가에 대해 고민할 기회나 원인을 제공받았다!"는 글쓴이의 본래 취지를 살리고, 동시에 논증문이 지녀야 할 본래 속성도 살리는 차원에서, '숙제'라는 비유보다 '(고민)거리'라는 구체어(具體語)로 대체해봤다.

'정신적 숙제'란 말을 "나름 자아성찰의 계기"로 풀어쓴 것 역시 앞에서 "철학처럼 난해한 고민거리"로 단순화한 것과 비슷한 이유에서다. 또 예문의 글쓴이가 말하길, 당시 "(인간에게는) 육체활동이 아닌 정신활동도 필요하다"는 것을 말하고 싶어서 '정신적 숙제'라는 표현을 썼다고 했다.

말하자면 외부에 있는 물질 환경에 종속되어있는 현대인을 비판하고 싶었던 셈이다. 이럴 때 좋은 말이 있다. 바로 '자아성찰'이다. 성찰(省察)은 '자신을 살핀다'는 뜻이니까 정신활동의 일환이다. 그래서 기계적인 삶을 사는 주체가 스스로를 반성한다는 뜻까지 자연스레 은유할 수 있다. '정신적 숙제'란 표현보다 의미 구현이 구체적이면서 내포하는 뜻은 더 많다. '자아성찰'로 바꾸면 소위 일석이조인 셈이다(그리고 이 문장에서 '숙제'란 말은 '계기'라는 단어로 바꿨다. 이는 앞에서 '철학적 숙제'를 "… 고민거리"로 바꾼 이유와 동일하므로 자세한 설명은 생략하도록 하겠다).

마지막으로 본래 예문에 "… 아무런 생각 없이 살았던 사람들에게 …" 부분은 "… 주체성 없이 살았던 사람들에게 …"로 수정했다. "아무런 생각 없이 살았던"이란 표현이 너무 구어체(口語體)스럽다고 느껴져서이다. 또 "아무런 생각"에서 그 '생각'이 구체적으로 어떤 생각, 무슨 생각을 말하는지 당해 표현만으로는 그 정보가 충실히 드러나 있지 않다고 생각해서다. 일종의 품위도 다소 떨어지면서 동시에 알맹이도 부실한 서술 말이다. '생각 없이 산다.'는 얘기는 주변 사람들 얘기나 주변 상황·환경 등에 자신의 사고나 행동이 좌우된다는 얘기일 테다. **소위 '타율적인' '무비판적인' 사고나 행동이다.** 다만 '타율적'과 '무비판적' 둘 모두 '-적(的)'을 활용한 표현들이다. 이러면 '-적(的)'의 개수가 너무 많아진다. '-적(的)'을 쓰지 않으면서도 동일한 뜻을 드러내는 표현을 따로 찾는 것이 낫다. 마침 그런 단어가 있다. 바로 '주체성'이란 개념이다. '주체성 없이'라는 표현은 일단 '아무 생각 없이'란 표현보다 문어체(文語體)다우면서도, '타율적·무비판적'이란 구체적인 뜻까지 포섭한다. 이러면 격식도 갖추고, 알맹이도 채우는 서술이 될 수 있다.

본래 '적(的)'은 사실 일본에서 수입된 접미사다. 일본이 서양 문물을 유입하는 데 한창 적극적이던 명치(메이지) 유신 시절, 외국어의 일부 형용사를 번역하기 위해 '적(的)'을 활용했다. 일례로 Romantic(로맨틱)을 낭만적(浪漫的)이라고 번역하는 식이다. 'tic'에 대응하는 한자어로 '-的'을 쓴 것이다. 그리고 이러한 '-적(的)'의 용법이 우리나라와 중국에 유입됐다. 물론 유입된 이후부터는 각기 나라마다 그 사정에 맞게 '-적(的)'의 용법이 진화했지만, 어찌 되었든 원류는 일본이 맞다. 그래서 '-적(的)'이 가진 이러한 '친일적(親日的)' 사연을 알고 있는 사람들은 농담 반 진담 반으로 "적(的)은 가급적(的) 쓰지 말자"는 얘기도 한다.

'-적(的)'을 한국어에서 완전히 제거하는 일은 현실'적'으로 불가능할 것이다. 그만큼 '-적(的)'을 활용한 한국어 표현법은 역사가 길고, 그 긴 시간만큼 사람들의 언어생활에 넓고 깊게 침투해버린 상태다. 그렇다면 우리가 해야 할 일은 '-적(的)'을 가급'적' 곱고 야무지게 활용하는 것밖에 없다. **'적(的)'의 개수를 남용하지 않기, '-적(的)'을 쓰되 관용 어법상 이질 감이 들지 않도록 하기, 불가피하게 '-적(的)'을 이용해 창의성을 발휘하고 싶다면 누가 봐도 이해할 수 있는 표현으로 만들기** 등이 그것이다.

적(的)은 가급적(的) 쓰지 않을 수 없다. 다만 상대가 최대한 납득할 수 있도록 그 사용법을 갈고 닦아야 할 것이다.

2. 한국어'에 있어서'
동사 '가지다'의 문제

[2] 한국어'에 있어서' 동사 '가지다'의 문제

'번역체' 혹은 '번역 투(套)'라는 말이 있다. 마치 외국어를 번역한 것처럼 한국어로 글을 쓰거나 말을 할 때 흔히 부르는 말이다. 본래 인간은 소통의 동물이고, 인간이 사용하는 언어도 다른 나라 언어와 교류를 하게 마련이니까 특정 국가의 언어에 외래적인 요소가 섞이는 일은 사실 당연하다.

하지만 국어로 가능한 표현들이 얼마든지 있음에도 불구하고 일부러, 혹은 무리해서 외국어처럼 국어를 쓰는 일은 지양해야 한다. 번역체나 번역 투는 엄밀히 말해 한국어도, 외국어도 아니다. 일단 우리나라 언어의 고유성을 해치는 데다가 우리나라 사람들의 정서와도 맞지 않는다. 그리고 해당 외국어를 쓰는 외국인들도 쉽게 이해하기 힘들다. 자국인한테도 천대받고 타지인에게도 홀대받는 것이 번역체, 번역 투다.

우리나라 말에 영향을 많이 준 외국어는 일본어와 영어다. 비율상 일본어가 영어보다 높다. 국어가 일본어에 영향을 받은 이유는 여러 가지다. 우선 한국어나 일본어나 둘 다 한자어 문화권에 속한 언어들인 데다가, 한자어에 조사를 붙이는 언어 체계도 비슷하다. 또 양국이 지리상으로도 가깝고, 무엇보다 우리나라가 역사상 일본에게 강점기를 겪은 탓도 크다.

한편 영어의 영향력이 큰 이유는 미국이 세계적인 강대국이기 때문이다. 따라서 자국의 언어에 영어식 표현이 많이 생기는 나라는 비단 우리나라뿐만은 아니다. 그러나 그렇다 하여도 영어식 표현이 옳은 것은 아니다. 미국의 영향력이 제아무리 크고 영어가 세계 공용어라고 하여도 적어도 한국어만큼은 한국어다워야 한다.

이번 장(章)에서 살펴볼 [오늘의 잘못된 문장]은 **문장에 번역체·번역투를 사용한 경우**들이다. 밑줄 친 곳들이 바로 번역체·번역 투인데, **'…에 있어서'라는 일본어식 표현**과 **동사 '가지다'를 영어식으로 활용한 부분**("갖고 있는")이다.

오늘의 잘못된 문장 - 다시보기

사례 1

"이 책에 있어서의 장점은 자료가 갖고 있는 풍부함이다."

사례 1번 문장에서 잘못된 곳은 두 군데다. **"이 책에 있어서의"에서 '…에 있어서'를 쓴 부분과, "자료가 갖고 있는"에서 '갖고 있는'이라고 쓴 부분이다.**

우선 '…에 있어서'는 일본어식 표현이다. 일본어에서 '~にあって'(~니앗테)라는 관용구가 있는데, '~に'(니)는 국어의 조사 '~에'에 해당한다. 그리고 'あって'(앗테)는 일본어의 동사 'ある'(아르)를 속칭 '~て'(테) 형(型)'으로 바꾼 것인데, 'ある'(아르)는 국어로 말하면 '있다'와 같은 개념이다.

'~て'(테)는 국어의 어미와 기능상 유사하다. '~て'(테)는 상황에 따라 여러 가지 기능과 의미가 있지만, 'あって'(앗테)에서는 국어의 어미 중 '-어서'와 유사하다. 결국 '…에 있어서'는 일본어인 '~にあって'(~니앗테)를 직역하듯이 국어로 표현한 것이다.

그러나 이러한 표현은 사실 불필요하다. 예를 들어 지금 보고 있는 사례 1번 문장만 보더라도, "이 책에 있어서의"로 쓰지 않고 "이 책의"로 쓰면 될 일이다. 사례 1번 문장은 "이 책"의 장점에 대해 얘기하려는 것이기 때문이다. "이 책에 있어서의"와 "이 책의"는 서로 다른 뜻인가? 아니면 전자(前者)가 후자(後者)보다 표현이 더 멋있는가? 둘 다 아니다. 굳이 '…에 있어서'를 쓸 이유가 없는 것이다.

대개 '…에 있어서'가 쓰이는 경우를 보면, 그냥 국어의 **조사(助詞)**를 써도 무방한 때가 많다. '…에 있어서'에서 '…'는 명사나 대명사 따위가 될 수밖에 없는데, 그렇다면 '명사·대명사 + …에 있어서'의 서술 구조는 그

명사·대명사 등과 관련 있는 사항을 말하려는 것이 서술의 목적이다. 그런데 명사·대명사 등과 관련 있는 사항을 드러낼 때 가장 유용한 품사는 조사다. 조사의 말뜻 자체가 '체언(명사·대명사·수사)이나 부사, 어미 따위에 붙어 그 말과 다른 말과의 문법적 관계를 표시하거나 그 말의 뜻을 도와주는 품사'이기 때문이다.

따라서 사례 1번 문장에서도 "이 책에 있어서의 장점"이라고 쓰는 것보다, "이 책의 장점"이라고 쓰는 것이 훨씬 낫다. 그것이 표현에 군더더기도 없고, 뜻도 더 명확하다.

이제 사례 1번 문장 중 나머지 부분으로서, "자료가 갖고 있는"이라고 쓴 것이 왜 문제인지 따져보자.

이 문장에서 "갖고 있는"은 영어의 동사 have를 두서없이 차용한 것이다. 영어는 have를 이용한 표현이 상당히 많다. 예를 들어 "have a talk," "have a day," "have a time," "have a thing," "have a question," 등 have 뒤에 붙일 수 있는 명사가 무척 다양하다. 그래서 영어는 'have + 명사' 형태를 이용하여 단순히 '…을 가지다'는 뜻 말고, '그 명사와 관련된 특정 행위를 하다'는 식으로 매우 광범위하게 뜻을 표출한다. 영어는 한국어와 다르게 명사가 발달한 언어체계이기 때문에 이처럼 동사에 명사를 붙이는 표현이 많을 수밖에 없다.

그러나 한국어는 명사보다 동사나 형용사가 발달했다. 동사·형용사에 명사를 연계 짓는 방식보다, 동사·형용사 그 자체를 부각하는 식으로 쓰는 편이 훨씬 자연스럽다. 동사·형용사를 명사와 연계 짓는 방식이 속칭 '명사형 표현'이고, 동사·형용사 그 자체를 부각하는 방식은 속칭 '서술형 표현'이다. 예를 들어 "예쁜 꽃이다."라는 문장은 형용사 '예쁘다'에 명사 '꽃'을 연계한 명사형 표현이고, "꽃이 예쁘다."는 '예쁘다'를 부각한 서술형 표현이다. 당신도 한국인이라면 "예쁜 꽃이다."보다 "꽃이 예쁘다."가 훨씬 자연스럽다는 것을 느낄 것이다.

그래서 영어의 "have a talk." "have a day." "have a time." "have a thing." "have a question." 등은 한국어로 말했을 때 제각기 표현이 전부 다르다. '대화하다/얘기하다, 지내다/보내다, 시간이 있다, 일이 있다/뭔가를 가지고 있다, 질문을 하다/질문이 있다 등', 각각의 상황에 걸맞은 동사들이 존재한다. 그래서 영어처럼 have라는 동사 하나에다 명사들을 수시로 바꿔가며 의미를 구차하게 변화시키지 않아도 된다.

따라서 사례 1번 문장에서도 "자료가 갖고 있는 풍부함"이라고 쓰는 것보다, "자료가 풍부하다." 또는 "자료가 (아주) 많다."로 쓰는 것이 훨씬 낫다. 그것이 표현에 군더더기도 없고, 뜻도 더 명확하다.

이 논의들을 토대로 사례 1번 문장을 통째로 고치면 다음과 같이 쓸 수 있다.

앞서 말한 대로 "…에 있어서"는 조사 "의" 또는 "은"으로 바꿨고, '가지다(have)'라는 동사는 "풍부하다" 또는 "많다"로 바꿨다. 고쳐 쓴 문장은 왜색(倭色, 무엇인가가 일본의 문화나 분위기를 띨 때 그를 낮잡아 부르는 말)도 없고, 시쳇말로 '미국 병(病)'도 없다.

이제 사례 2번 문장을 고쳐보자. 고치는 방식은 사례 1번 문장에서 적용했던 원리와 동일하다. 사례 2번 문장에서 잘못된 곳은 세 군데다. **"건전한 시민 의식을 갖는 방법에 있어서"에서 '…에 있어서'를 쓴 부분과, "건전한 시민 의식을 갖는"과 "소통을 더 많이 가질 필요가"에서 동사 '가지다'를 쓴 부분들이다.**

> **오늘의 잘못된 문장 - 다시보기**
>
> 사례 2
>
> "건전한 시민 의식을 갖는 방법에 있어서 사람들 간에 소통을 더 많이 가질 필요가 있다."

우선 "건전한 시민 의식을 갖는 방법에 있어서"의 경우, '…에 있어서'를 쓰는 것보다 지위나 신분 또는 자격을 나타내는 **조사**, '-로서'를 쓰는 편이 낫다. 또는 "건전한 시민 의식을 갖는 방법", 이 문구 자체를 주어 구문으로 본다면 '…에 있어서'를 **주격조사** '-은'으로도 바꿀 수 있다. 사례 2번 문장의 내용은 '시민 의식을 갖는 방법=사람들끼리 더 많이 소통하기'이기 때문이다. 따라서 등호(=)에 해당하는 품사는 결국 조사여야 한다. 특히 조사 중에서도 등호(=)의 앞·뒤 내용이 동등한 자격 또는 주체라는 점을 밝혀주는 조사여야 한다. 그래서 동등한 자격임을 표현하고 싶으면 **조사** '-로서'를, 주체임을 표현하고 싶으면 **주격조사** '-은'을 쓰는 것이 옳다. 따라서 "건전한 시민 의식을 갖는 방법에 있어서"보다, "건전한 시민 의식을 갖는 방법으로서" 혹은 "건전한 시민 의식을 갖추는 방법은"으로 쓰는 것이 옳다.

이제 사례 2번 문장 중 나머지 부분들을 고쳐보자. "건전한 시민 의식을 갖는"과 "소통을 더 많이 가질 필요가"의 경우, 굳이 동사 '가지다'를 쓰지 않아도 된다. 오히려 '가지다'보다 해당 목적어에 훨씬 잘 어울리는 한국어 동사들이 있다.

먼저 "건전한 시민 의식을 갖는"에서 목적어 "시민 의식을"에 더 어울리는 동사는 '**갖추다**' 혹은 '**형성하다**' 등이다. '갖추다'는 '있어야 할 것을 가지거나 차리다'는 뜻으로서, 이미 '가지다'란 뜻도 있는 데다 '가지다'보다 의미의 외연이 더 넓다. 마찬가지로 '형성하다'도 '이전에 없던 것이 새로이 갖춰지다'는 뜻으로서 '가지다'란 뜻도 포함하면서 동시에 그것보다 의미의 폭이 크다. 따라서 "건전한 시민 의식을 갖는"보다, "건전한 시민 의식을 갖추는" 혹은 "건전한 시민 의식을 형성하는"으로 쓰는 것이 옳다.

"소통을 더 많이 가질 필요"에서도 목적어 "소통을"에 더 어울리는 동사는 '**하다**' 혹은 '**이뤄지다**' 등이다. 사실 '소통을 가지다'는 영어 'have a communication'을 번역한 것 같은 말투다. '소통'은 물리적인 실체가 아니므로 '가지다'보다는 '하다'나 '이뤄지다'와 같은 동사와 잘 호응한다. 따라서 "소통을 더 많이 가질 필요"보다, "소통을 더 많이 할 필요" 혹은 "소통이 더 많이 이뤄질 필요"로 쓰는 것이 옳다. 아니면 "소통"을 명사가 아니라 아예 **소통하다**라는 동사 꼴로 바꿔서 "더 많이 소통할 필요"처럼 고칠 수도 있다.

이 논의들을 토대로 사례 2번 문장을 통째로 고치면 다음과 같이 쓸 수 있다.

오늘의 잘못된 문장 – 사례 2 고쳐 쓰기

(1) "건전한 시민 의식을 **갖추는** 방법<u>으로서</u> 사람들 간에 소통을 더 많이 **할** 필요가 있다."

(2) "건전한 시민 의식을 **형성하는** 방법<u>으로서</u> 사람들 간에 소통**이** 더 많이 **이뤄질** 필요가 있다."

(3) "건전한 시민 의식을 **갖추는** 방법<u>은</u> 사람들 간에 소통을 더 많이 **하는 것이다**."

(4) "건전한 시민 의식을 **형성하는** 방법은 사람들 간에 소통이 더 많이 **이뤄지는 것이다**."

(5) "건전한 시민 의식을 **갖추는**(또는 형성하는) 방법<u>으로서</u> 사람들**끼리 더 많이 소통할 필요가 있다**."

국어에서 번역체·번역 투는 무척 많고 다양하지만, 오늘 장(章)에서 배운 이 두 가지는 한국어에서 매우 자주 쓰이는 번역체·번역 투다. 아마 이번 장을 제대로 공부한 이들이라면 이 이후부터 다른 사람들의 말·글을 접할 때마다 '…에 있어서'와 동사 '가지다'가 얼마나 오·남용되는지를 쉽게 눈치챌 것이다.

간단히 정리하자면 일단 '…에 있어서'는 사용하지 않는 것이 좋다. 우리나라는 세계 그 어떤 언어보다 조사가 발달했기 때문에 '…에 있어서'로 표현할 만한 내용은 얼마든지 기존의 조사들로 대체할 수 있다. 그리고 그렇게 조사를 쓸 때 표현이 훨씬 세련되고 뜻도 정확히 드러날 수 있다. 따라서 '…에 있어서'를 쓸 일이 있으면, 그것 대신에 꼭 해당 상황에 더 잘 맞는 조사를 사용하도록 하자.

한편 국어에서 동사 '가지다'는 얼마든지 쓸 수 있다. 다만 '가지다'를 쓰는 것이 어울릴 때에 한해서다. 일례로 "자부심을 가지세요!" "내가 가진 전부" 등에서 동사 '가지다'를 쓰는 것은 타당하다. 동사 '가지다' 외에 이 상황을 더 적절히 표현할 수 있는 동사는 없기 때문이다. **그러나 만약 '가지다'를 쓰는 것보다 나은 동사가 존재하는 경우에는 '가지다'를 쓰지 않는 것이 낫다. 비근한 예로 "보람찬 하루 가지세요!"보다 "보람찬 하루 보내세요!"가 나은 경우들처럼 말이다.** 그래서 동사 '가지다'를 써도 명분을 가질 만한 상황인지 늘 예의주시해야 한다.

VI. 논리적인 문장 쓰기

1. 한 문장 안에 의미를 과적(過積) 하면 '잘못된 장문'이 된다

[1] 한 문장 안에 의미를 과적(過積)하면 '잘못된 장문'이 된다

오늘의 잘못된 문장

"여권을 대신할 신분증은 가지고 있지 않았고 누군가에게 연락을 취할 휴대 전화도 분실한 가방 속에 있었기 때문에 오로지 서툰 외국어 실력으로 주변 사람에게 물어서 가까운 경찰서를 찾아야만 했던 당시의 내 처지를 생각해보니 지금 내 앞에 있는 이 외국인이 문득 안쓰럽고 딱해 보였다."

- 〈크리티카 논술·구술면접 아카데미〉 수강생의 글 中

글을 쓰다 보면 문장이 길어지는 때가 있다. 난 개인적으로 긴 문장 자체가 잘못된 문장이라고 생각하지 않는다. 문장이 길어도 읽는 사람이 그 의미를 분명하게 인지할 수 있을 만큼 형식과 내용상 하자가 없다면 문장의 장단(長短)은 문제가 되지 않는다. 바꿔 말해 장문(長文)이면서 동시에 그것이 잘못된 문장이 되려면, 문장이 길어진 탓에 읽는 사람이 그 의미를 이해하기 어려워야 한다. **두세 문장으로 나눠 썼다면 독자가 충분히 이해하기 편했을 텐데 그들을 한 문장으로 뭉쳐버려서 의미가 과적(過積)된 경우, 그것이 바로 '잘못된 장문'이다.**

인간이 글을 읽을 때 한 번의 호흡으로 처리할 수 있는 인지 자원의 양에는 한계가 있다. 글에서 '1개의 구절, 또는 1개의 문장'은 글을 읽는 이에게 '한 번의 호흡'으로 인식된다.

그래서 구절이 지나치게 복잡하고 길게 나열된다든가, 구절들이 너무 많이 섞여서 문장 자체가 복잡해지고 길어지면, 독자가 처리해야 할 정보량도 늘어난다. 독자의 뇌 속에 정보가 과부하 되면 그 문장은 영 읽기 어색하고 불편한 것이 되어버린다.

[오늘의 잘못된 문장]의 예문은 어떤가. '한 번의 호흡'으로 읽히는 1개의 문장인가. 아쉽게도 한 번에 읽기엔 구절들이 너무 많고, 문장 자체도 길다. **① 여권·신분증 얘기, ② 휴대전화와 가방 얘기, ③ 외국어가 서툴다는 얘기, ④ 경찰서를 물어서 찾아가야 했던 얘기, ⑤ 과거 경험과 현재 상황을 연계하는 얘기, ⑥ 외국인에 대한 연민 얘기 등 한 문장 안에 글쓴이가 집어넣고 싶은 정보가 지나칠 만큼 많다.** 독자에게 전달하고 싶은 정보는 6가지가량이나 되는데, 문장은 딱 1개다. 읽는 사람의 뇌가 가열돼 증발해버릴지도 모른다.

그러므로 [오늘의 잘못된 문장]의 예문은 ①~⑥ 중 일부를 이합집산(離合集散)해서 두 문장 또는 세 문장으로 나눠주는 것이 옳다. 그래야 독자가 글쓴이의 뜻을 자연스럽고 명확하게 인지할 수 있다. 고쳐 쓰기 방식은 다음처럼 대략 3가지로 나눠볼 수 있다.

● 제1안

①·②를 한 문장, ③·④를 다음 한 문장, ⑤·⑥을 마지막 문장으로 **나누는 방식이다.** 문장의 호흡을 짧게 해서 한 문장 안에 담긴 정보량을 최소화시키는 글쓰기 전략이다.

● 제2안

①·②와 ③·④를 한 문장으로 묶고, ⑤·⑥을 별도의 문장으로 나누는 **방식이다.** 앞쪽 문장은 호흡을 조금 길게 해서 그 안에 담긴 정보량을 조금 늘리되, 뒤쪽 문장에서 호흡량과 정보량을 줄여 글에 율동을 주는 글쓰기 전략이다.

● 제3안

우선 ①·②를 한 문장으로 쓰고, 그다음에 ③·④와 ⑤·⑥을 한 문장으로 묶는 **방식이다.** 제2안과 비슷하되, 제2안의 전후(前後) 순서를 반대로 바꾼 형식이다. 이 역시 글에 박자를 만드는 글쓰기 전략이라고 볼 수 있다.

각각의 안(案)에 맞춰 글을 수정해보자면 다음과 같다(조사나 어미 등 사소한 표현법도 포함해 고쳐본다).

오늘의 잘못된 문장 - 다시보기

"여권을 대신할 신분증은 가지고 있지 않았고 누군가에게 연락을 취할 휴
대 전화도 분실한 가방 속에 있었기 때문에 오로지 서툰 외국어 실력으로
주변 사람에게 물어서 가까운 경찰서를 찾아야만 했던 당시의 내 처지를
생각해보니 지금 내 앞에 있는 이 외국인이 문득 안쓰럽고 딱해 보였다."

오늘의 잘못된 문장 - 고쳐 쓰기 Ⅰ

"여권을 대신할 신분증은 가지고 있지 않았고 가방도 분실하여 핸드폰 등
연락 수단도 잃어버린 **적이 있었다.** / 서툰 외국어 실력만으로 오로지 주변
사람에게 물어봐 가까운 경찰서를 찾아야만 **했었다.** / **당시의 내 처지를** 떠
올려보니 지금 내 앞에 있는 이 외국인이 문득 안쓰럽고 딱해 보였다."

오늘의 잘못된 문장 - 고쳐 쓰기 Ⅱ

"여권을 대신할 신분증은 가지고 있지 않았고 가방도 분실하여 핸드폰 등
연락 수단도 잃어버린 탓에 서툰 외국어 실력만으로 오로지 주변 사람에
게 물어봐 가까운 경찰서를 찾아야만 했던 **적이 있었다.** / **당시의 내 처지를**
떠올려보니 지금 내 앞에 있는 이 외국인이 문득 안쓰럽고 딱해 보였다."

오늘의 잘못된 문장 - 고쳐 쓰기 Ⅲ

여권을 대신할 신분증은 가지고 있지 않았고 가방도 분실하여 핸드폰 등
연락 수단도 잃어버린 **적이 있었다.** / 서툰 외국어 실력만으로 오로지 주변
사람에게 물어봐 가까운 경찰서를 찾아야만 **했었는데, 당시의 내 처지를** 떠
올려보니 지금 내 앞에 있는 이 외국인이 문득 안쓰럽고 딱해 보였다."

어떤 식으로든 중간중간 호흡 길이를 조절하고, 정보의 과부하도 줄인 덕에 본래 예문보다는 한결 읽기가 편해졌다.

다시 한번 강조하는 바인데 문장의 물리적인 길이 자체는 문제가 아니다. 아무리 물리적으로 긴 문장이라 할지라도, 읽는 사람이 중간중간 호흡할 만한 곳들이 마련돼 있어서 독자가 정보를 인지하는 데 불편함이 없다면, 그건 잘못된 문장이 아니다. 그를 방증하는 예로서 아래 문장을 한번 살펴보자.

"그가 이끌고 나가는 운동팀은 모든 반(班) 대항 경기에서 우리 반에 우승을 안겨주었고, '돈내기'란 어른들의 작업 방식을 흉내 낸 그의 작업 지휘는 담임선생들이 직접 나서서 아이들을 부리는 반보다 훨씬 더 빨리, 그리고 번듯하게 우리 반에 맡겨진 일을 끝내주게 했다."

소설가 이문열의 대표작이자 1987년 제11회 〈이상 문학상〉 대상작이기도 했던『우리들의 일그러진 영웅』중 일부를 발췌했다. 교과서에도 실릴 만큼 대중들에게도 유명한 작품이다. 작품에 등장한 숱한 문장 중에서 본 글의 취지에 맞게 부러 장문을 하나 골라 봤다.

일단 이 문장은 '한 문장'인데도 상당히 길다. 길이만 놓고 보면 앞서 분석했던 [오늘의 잘못된 문장]과 별반 차이가 없다. 그러나 앞서 봤던 예문과 달리 읽기 어색하거나 불편하진 않다. 이유는 내용 측면과 형식 측면, 두 가지 때문이다.

우선 내용 측면에서 이문열 작가의 글은 문장 안에 담긴 정보가 그리 많지 않다. 정보라고 해봤자, ① '그'가 진두지휘하는 반이 체육대회나 ② 여타 과업에서 ③ 선생님이 진두지휘하는 것보다 능률이 높다는 얘기다. 한마디로 '그'의 반(班)에 대한 장악력을 확실히 주제화하고 있는 문장이다. 앞서 봤던 예문은 1개 문장에 정보가 6개나 됐던 반면에, 이문열 작가의 글은 1개 문장에 정보가 3개에 불과하다. 한마디로 정보량의 차이다.

둘째, 형식 측면에서 중간중간 쉼표와 접속사("그리고")를 사용했다. 글이 중간에 약간 복잡해지고 길어진다는 느낌이 드는 구간에서 독자에게 조금씩 호흡을 가다듬을 공간을 마련해준 셈이다. 쉼표 2개와 접속사 1개 정도에 불과한 간단한 장치다. 그러나 사소한 기술처럼 보일지라도, 이러한 몇몇 형식적인 장치를 활용할수록 읽는 사람이 문장 안에 담긴 정보를 이해하고 수용하게 만드는 데 그 효과를 배가할 수 있는 것이다.

나 역시 오랜 시간 글을 써왔고 또 많은 사람의 글을 검토·지도해본 바에 의하면, '잘못된 장문'을 쓰게 되는 근원은 과욕(過慾)과 조급증(躁急症)이다. 한 문장 안에 너무 많은 정보를 응축·집약시키고 싶은 과욕과, 정보들을 조금씩 나눠서 그를 어떻게 조직할지 차분히 생각하지 못하는 여유 부족 말이다. 과욕 때문에 문장 안에 정보가 많아지고, 조급증 때문에 문장 속 굽이굽이마다 독자가 숨을 고를 곳이 부족해진다.

사실 한 문장 안에 몇 개의 의미 구역, 즉 정보가 존재해야 바람직한지에 대해서는 정량적으로 수치화해서 말할 수는 없다. 또 쉼표와 접속사가 몇 개여야 옳은지 역시 정량적인 수치로 말하기는 어렵다. 언어는 수학이 아니기 때문이다. 결국, 한 문장 안에 정보량과 형식적 장치를 얼마나 구성해야 적당할 것인지는 그때그때 글의 취지와 내용 및 목적에 따라 적당히 감(感)을 잡을 수밖에 없는 노릇이다.

다만 본인이 글을 쓸 때 가급적 독자 입장을 고려해보면서, **자신이 지금 막 쓴 그 문장들을 바로바로 나지막이 읊조려보는 태도는 중요하다. 그러면서 그때마다 자신이 쓴 그 특정 구절들이 '짧은 호흡'으로 읽기 편안한지, 전체 문장은 '긴 호흡' 차원에서 순조롭게 읽히는지 따져봐야 한다.** 글쓴이의 뇌가 가용할 수 있는 인지 자원의 양은 읽는 이의 그것과 대동소이하다. 본인이 쓴 글임에도 본인마저 복잡다단해 보인다면, 독자도 마찬가지일 테다.

쓰고 읽고 쓰고 읽기를 반복하면서, 정보량이 너무 많을 땐 줄이고, 호흡에 휴식처가 필요할 땐 쉼표나 접속사 등을 활용해보자. 문장을 만들 때 과욕은 의미의 과적을 낳는다. 의미가 과적되면 그 문장은 '잘못된 긴 문장'이 된다. 흡사 세상살이에도 관조와 사색이 필요하듯, 글을 쓸 때 차분함과 침착함이 필요한 이유다.

2. 한 문장 안에
두 집 살림은 있을 수 없다

[2] 한 문장 안에 두 집 살림은 있을 수 없다

오늘의 잘못된 문장

사례 1

"일본에서 살던 누군가가 결핵 퇴치 사업을 구상했었는데, 결핵은 이젠 완치율이 아주 높아진 병이지만 아직도 전 세계적으로는 몇백만 명이나 앓고 있는 질병이었다."

사례 2

"그가 제안한 프로젝트가 학생들의 학습 능력을 높이는 데 얼마나 효과가 있었는지를 조사했는데, 놀랍게도 비용 대비 출석률을 상승시키는 데 매우 바람직한 방법이었다."

― 〈크리티카 논술·구술면접 아카데미〉 수강생의 글 中

한 가정에 두 집 살림은 존재할 수 없다. 글도 마찬가지다. 한 문장에 두 집 살림은 존재할 수 없다. **문장이 단문이 아니라 복문일 때, 실질적으로 2개 이상의 문장이 한 문장 안에 공존할 수밖에 없다. 그러나 그 문장들 사이에는 '논리적인 상관성'이 있어야 한다. 그래야 그 문장들이 두 집 살림이 아니라, '한 집 살림'이 된다.** 여기서 말하는 '논리'는 형식 측면과 내용 측면 모두를 의미한다.

그런데 가끔 글을 쓸 때 문장을 길게 늘이다 보면 논리적으로 연계성이 약한 두 개 이상의 생각·관념이 혼재할 때가 많다. 당연한 일이다. 생각의 속도는 손보다 빠르니까 말이다. 생각나는 것이 많고 말하고 싶은 것도 많은데 글씨는 그만큼 빨리 써지질 않는 것이다. 그런데 이러한 시간차를 인지하지 못한 채, 두 개 이상의 생각·관념을 섣불리 한 문장 안에 나열시켜버리는 경우들이 있다. 그러고는 바로 다음 문장을 써버린다. 이 경우가 바로 한 문장에 두 집 살림이 생기게 되는 이유 중 가장 흔한 사례다.

이러한 현상이 발생하는 까닭은 바로 퇴고를 게을리하기 때문이다. **퇴고는 결코 글을 다 쓰고 난 뒤에만 하는 것이 아니다. 한 단락 한 단락, 한 문장 한 문장, 심지어 단어 및 조사 하나를 써놓고도 얼른 다시 읽어보고 논리적인 정합성을 따져봐야 한다.** 퇴고는 글을 쓰는 과정 내내 이뤄져야 할 일종의 '비상 준칙'(非常 準則)이다. 어찌 보면 다소 강박적이다 싶을 만큼 검열 의식을 발휘해야 하는 것이 퇴고다.

앞의 예문 2개는 모두 한 문장에 두 집 살림을 차린 사례들이다. **한 문장 속에 두 개의 생각·관념이 쉼표 앞뒤로 나열돼있는데, 그 둘이 논리적으로 상관성이 낮다.** 그래서 의미 전달에 실패한, [잘못된 문장]이 돼버렸다. 한 문장씩 그 화근(禍根)을 알아보고 고쳐 써보자.

사례 1

"① 일본에서 살던 누군가가 결핵 퇴치 사업을 구상했었는데, ② 결핵은
이젠 완치율이 아주 높아진 병이지만 아직도 전 세계적으로는 몇백만 명
이나 앓고 있는 질병이었다."

① 부분은 결핵 퇴치 '사업' 얘기인데, ② 부분은 결핵을 앓는 당시의
'환자 수'를 얘기하고 있다. ①과 ②의 핵심내용을 자연스럽게 연결하려
면 ①과 ②의 관계가 '원인-결과 관계'가 되어야 한다. 그래야 '왜' 일본에
서 살던 누군가가 결핵 퇴치 사업을 구상하게 됐는지, 그 이유를 당시의
결핵 환자 수가 설명해줄 수 있다. 그런데 앞의 사례 1번 문장은 ①과 ②
가 '인과관계' 형식으로 표현되어있질 않다. 그저 ①과 ②가 각자 할 말
만 하는 형국이다. 둘 사이에 접점은 없다. 그래서 이 문장이 어색하게
보이고, 뜻이 와 닿지 않는 것이다. **따라서 이 문장을 바르게 고쳐 쓰려
면, ①이 결과가 되고, ②가 그 이유가 되도록 형식과 내용을 수정해야
한다.** 다음은 고쳐 쓴 예시다.

오늘의 잘못된 문장 - 사례 1 고쳐 쓰기

"① 일본에서 살던 누군가가 결핵 퇴치 사업을 구상했었는데, ② 결핵은
이젠 완치율이 아주 높아진 병이지만 당시만 하더라도 전 세계적으로 수많
은 이들이 앓고 있던 질병이었기 때문이다."

② 부분을 "… 때문이다"로 마무리해서 ②가 ①의 원인이라는 것을 명

시했다. 또 ① 부분이 과거형이니까 ②도 그와 시제(時制)를 맞춰주기 위해서 중간에 "아직도"를 "당시만 하더라도"로 바꿨다. 덕분에 이제야 ①과 ②가 형식상으로든, 내용상으로든 자연스럽게 연결되는 기분이 든다.

다음은 사례 2번 문장을 분석해보자.

> ## 오늘의 잘못된 문장 - 다시보기
>
> **사례 2**
>
> "③ 그가 제안한 프로젝트가 학생들의 학습 능력을 높이는 데 얼마나 효과가 있었는지를 조사했는데, ④ 놀랍게도 비용 대비 출석률을 상승시키는 데 매우 바람직한 방법이었다."

출석률이 높은 학생은 학습 능력도 높은 학생인가? 당연히 아닐 테다. 출석률이 높은 학생은 성실한 학생일 가능성은 있지만, 그것이 곧 그 학생의 학습 역량이 빼어나다는 뜻은 아니다. 한마디로 '출석률'과 '학습 능력'은 상관성이 낮다. 그런데 앞의 사례 2번 문장은 '출석률④부분'과 '학습 능력③부분' 간에 상관성이 매우 강하다는 식으로 서술했다. 내용상 명백히 오류다. 그래서 이 문장이 어색하게 보이고, 뜻이 와닿지 않는 것이다. 만약 ④의 "출석률"이란 말과 ③이 내용상 호응하려면, ③의 "학습 능력"이란 말은 "학습 의지"로 수정되어야 한다. '학습 의지'는 '출석률'과 상관관계가 있는 개념이기 때문이다. 다음은 이를 바탕으로 고쳐 쓴 예시다.

"③ 그가 제안한 프로젝트가 학생들의 **학습 의지를** 높이는 데 얼마나 효과가 있었는지를 조사했는데, ④ 놀랍게도 비용 대비 출석률을 상승시키는 데 매우 **효율적인** 방법이었다."

일단 '학습 능력'을 '학습 의지로 바꿔서 ③ 부분이 ④ 부분과 논리적으로 연계될 수 있게 만들었다. 또 본래 "바람직한"이란 표현을 "효율적인"이란 말로 바꿨다. "바람직한"이란 말은 옳고 그름을 따지듯이 일종에 당위(當爲, sollen)를 문제 삼는 사안에서는 어울리는 표현이지만, 사례 2번 문장처럼 다소 기능성·경제성을 논하는 사안에 최적화된 용어는 아니다. 따라서 당위의 영역에 어울리는 용어보다 존재(存在, sein)의 영역에 어울리는 말이 낫다. 그래서 앞쪽 ③ 부분에 있는 '효과'라는 단어와 뒤쪽 ④ 부분이 서로 호응이 될 수 있도록 '바람직'이란 단어를 '효율'이란 단어로 교체한 것이다. 그리고 그것이 문장 안에 있는 '비용 대비 출석률'이란 개념과도 더욱 상응한다.

글을 쓸 때 문장이 길어지는 까닭은 하고 싶은 말이 많아서다. 또 관념이 넘쳐서이기도 하다. 하지만 그럴 때일수록 침착해야 한다. 관념의 속도는 손보다 빠르기 때문에 관념을 제어하지 못하면 문장에 논리적인 틈이 생긴다. 그래서 앞서 봤던 사례들처럼 긴 문장 안에 이질적인 형식, 이질적인 내용이 생긴다.

생각과 관념을 엄밀하게 퇴고하며 글쓰기를 진행할 때 한 문장 안에 두 집 살림도 막을 수 있다. 외도를 막아야 가정의 평화가 지켜지듯, 문장 안에 존재하는 틈과 이질성을 경계해야 우리네 글에도 비로소 평화가 도래할 수 있는 것이다.

VII. 띄어쓰기
정복하기

1. 띄어쓰기의 원칙

[1] 띄어쓰기의 원칙

오늘의 잘못된 문장

사례 1

"최근 동네에 흉악범이 나댄다는 소문이 있어서, 바깥 출입을 자제해야겠다고 생각했다."

사례 2

"그때는 그것이 쓸모있는 사상처럼 여겨졌지만, 이제는 더 이상 쓸모 없는 사상이라는 것이 밝혀졌다."

사례 3

"어릴 적 친구한테서 정부가 우리 고향을 국내 기간 산업도시로 선정했다는 소식을 들었다."

- 〈크리티카 논술·구술면접 아카데미〉 수강생의 글 中

"문장의 각 단어는 띄어 씀을 원칙으로 한다."

『국어 어문 규정집』 제1장 제2항에 적혀있는 '띄어쓰기 원칙'이다.

단어(單語)는 다른 말과 분리돼서 홀로 쓰일 수 있는 말을 뜻한다. 예를 들어 '이 쓸모 있는 책'에서, '이' '쓸모' '있는' '책' 각각은 모두 단어다.

무척 쉽고 간단한 문제처럼 보인다.

단어별로 띄어 쓰는 것이 왜 원칙일까. 『국어 어문 규정집』에 그 이유가 소상히 제시된 것은 아니지만 쉽게 추측해볼 수 있다. 그건 **단어별로 띄어 쓸 때 의미를 더욱 정확히 드러낼 수 있기 때문이다. 또 보는 사람도 그 의미를 비교적 정확히 이해하기가 편하기 때문이다.**

국어는 언어다. 쓰기 행위도 언어 행위다. 언어의 본질은 결국 소통이다. 소통은 당사자끼리 의미가 통할 때 성공한다. 어느 언어에서든 문법이니, 규칙이니 하는 것들은 죄다 해당 언어를 통해 의미를 가장 정확히 드러내는 방법을 규정해놓은 것이다.

따라서 국어의 띄어쓰기도 **'의미를 정확히 드러내기 위한 방편'**, 그 이상 그 이하도 아니다. 그러나 간혹 어디까지를 하나의 단어로 봐서 띄어쓰기를 해야 할지 헷갈리는 경우가 있다. 이 글 첫 번째에 제시된 [오늘의 잘못된 문장]에서 세 가지 사례들은 모두 그와 관련한 상황에서 문제가 발생한 것들이다.

우선 사례 1번을 보자.

오늘의 잘못된 문장 - 다시보기

사례 1
"최근 동네에 흉악범이 나댄다는 소문이 있어서, <u>바깥 출입</u>을 자제해야겠다고 생각했다."

'집 밖을 나다니는 행위나 일'을 의미하는 '바깥출입'은, '바깥'과 '출입'을 붙여 써야 하는 1개의 단어다. 그런데 사례 1번 문장은 '바깥'과 '출입'을 떼어 썼다. 띄어쓰기를 잘못한 것이다. 따라서 다음처럼 고쳐 써야한다.

오늘의 잘못된 문장 - 사례 1 고쳐 쓰기

"최근 동네에 흉악범이 나댄다는 소문이 있어서, **바깥출입**을 자제해야겠다고 생각했다."

'바깥'은 그 자체로 단어이지만, 때로는 그 뒤에 다른 명사들이 붙음으로써 '바깥+명사' 자체가 1개의 단어로 취급되는 경우가 많다. 예를 들어 다음에 열거된 것들은 모두 '바깥+명사'의 형태로서 1개의 단어로 취급되는 것들이다.

● 예)

바깥주인, 바깥양반, 바깥사람, 바깥사돈, 바깥날, 바깥나들이, 바깥쪽, 바깥마당, 바깥각(-角), 바깥바람, 바깥다리 등

이처럼 얼핏 생각하기에 별개의 단어처럼 보이는 것들을 1개의 단어로 합쳐 써야 하는 때도 있다. 방금 살펴본 '바깥+명사' 사례는 일례에 불과하다. 따라서 (전부는 아닐지언정) 어느 정도는 이러한 단어 군(群)을 그때그때 외워둘 필요도 있다.

이제 사례 2번을 보자. 사례 2번은 사례 1번보다 더 까다롭다. 왜냐하

면 뒤에 어떤 말이 붙든지 간에 항상 비슷한 용법이 적용될 것 같은 단어인데, 실상은 그렇지 않은 경우이기 때문이다.

오늘의 잘못된 문장 - 다시보기

사례 2

"그때는 그것이 <u>쓸모있는</u> 사상처럼 여겨졌지만, 이제는 더 이상 <u>쓸모 없는</u> 사상이라는 것이 밝혀졌다."

사례에 등장한 '쓸모'란 단어는 뒤에 '있다'라는 말이 붙으면 그땐 각각을 띄어 쓴다. 그러나 '쓸모' 뒤에 '없다'라는 말이 붙을 땐 띄어 쓰지 않고 그 둘을 붙여 쓴다. 간단히 정리하자면 '쓸모 있다'는 2개의 단어로 쓰는 것이 맞고, '쓸모없다'는 1개의 단어로 쓰는 것이 맞다. 따라서 사례 2번은 아래처럼 고쳐 써야 한다.

오늘의 잘못된 문장 - 사례 2 고쳐 쓰기

"그때는 그것이 **쓸모 있는** 사상처럼 여겨졌지만, 이제는 더 이상 **쓸모없는** 사상이라는 것이 밝혀졌다."

결국 '쓸모'라는 단어 뒤에 '있냐'가 붙느냐, '없냐'가 붙느냐에 따라 단어의 개수가 달라지는 것이다. 어차피 '쓸모'라는 말이 핵심어로 기능하기 때문에 뒤에 무슨 말이 붙든 용법이 비슷할 것 같은데, 예상과 다른 결과다.

그러나 너무 걱정할 필요는 없다. 특정 단어 뒤에 '있냐'가 붙든 '없냐'

가 붙든 띄어쓰기 원칙이 동일한 경우가 오히려 더 많다. 외려 사례 2번이 유독 예외적인 경우다.

예를 들어 아래에 열거된 것들은 모두 특정 단어 뒤에 '있냐·없냐'가 붙을 때 각기 띄어쓰기 원칙이 동일하게 작용하는 경우들이다.

● 붙여 써서 1개의 단어로 취급하는 예

맛있다·맛없다/멋있다·멋없다/재미있다·재미없다 등

● 띄어 써서 2개의 단어로 취급하는 예

관심 있다, 관심 없다/흥미 있다, 흥미 없다/특색 있다, 특색 없다/인기 있다, 인기 없다 등

첨언하자면 '띄어 써서 2개의 단어로 취급하는 예'가 (비교할 수 없을 만큼) 가장 많다. 따라서 사례 2번 처럼 예외적인 경우와, '붙여 써서 1개의 단어로 취급하는 예' 몇몇을 알아두면 띄어쓰기를 할 때 헷갈리는 일이 훨씬 줄어들 것이다.

마지막으로 사례 3번을 보자.

오늘의 잘못된 문장 - 다시보기

사례 3

"어릴 적 친구한테서 정부가 우리 고향을 국내 기간 산업도시로 선정했다는 소식을 들었다."

이 사례에서는 어느 부분이 띄어쓰기가 잘못된 걸까? 바로 '국내 기간 산업도시'라고 쓴 부분이 문제다. 특히 '산업도시'를 붙여 쓴 것이 문제다. 이것이 왜 문제인 걸까? 사실 형식상으로는 문제 될 것이 없다. '산업도시'는 그 자체가 하나의 단어로서 표준어이기 때문이다. 그러나 '산업'과 '도시'를 붙여 써버리면, '국내 기간 산업도시'에서 '산업도시'란 개념을 강조하는 내용이 되어버린다. 이렇게 되면 알맹이가 모호한 문장이 된다. '산업도시'인 건 알겠는데, 무슨 산업의 도시란 말인가? 보는 이가 그 뜻을 명확히 인지하기 어려워진다. 이 글 앞쪽에서 띄어쓰기는 의미를 정확히 드러내기 위한 방편이라고 했다. 그런 차원에서 사례 3번 문장은 엉뚱한 곳에서 띄어쓰기를 실천한 셈이다.

사례 3번 문장의 논지(혹은 취지)는, 글쓴이의 고향이 정부로부터 '기간산업'의 주요 도시로 지정됐음을 강조하는 것일 테다. '주요 도시'로 선정됐다는 것이 중요한 것이 아니라, '기간산업'의 주요 지역이 되었다는 것이 이 문장의 핵심이고 알맹이다. 친구한테서 전해 들었다는 내용이나, '국내'라는 내용 따위는 부차적인 사항들에 불과하다. **이 문장의 근간은 어디까지나 자기 고향이 '국내 여타 산업들의 토대·근본이 되는 산업', 즉 '기간산업'의 주요 지역이 되었다는 데에 있다.** 따라서 사례 3번은 아래처럼 고쳐 써야 한다.

오늘의 잘못된 문장 - 사례 3 고쳐 쓰기

"어릴 적 친구한테서 정부가 우리 고향을 <u>국내 기간산업 도시</u>로 선정했다는 소식을 들었다."

'기간'과 '산업'을 붙이고, '산업'과 '도시'는 띄어 씀으로써 사례 3번 문장의 논지·취지를 정확히 드러낼 수 있게 되었다.

사례 3번처럼 여러 개의 단어를 나열하면서 써야 할 때 어느 부분은 붙이고 어느 부분은 띄어 써야 할지 곤란할 때가 있다. (세상사를 해결하는 법이 다 그렇듯이) 그럴 땐 띄어쓰기의 원칙으로 회귀하라. 그리고 그 원칙을 지켜야 하는 이유를 상기하라.

"문장의 각 단어는 띄어 씀을 원칙으로 한다." 왜냐하면, 그 문장의 **'의미를 정확히 드러내기 위해서'**다.

다시 말해 여러 개의 단어를 나열하면서 써야 할 때, 어느 부분을 붙이고 어느 부분을 띄어 쓸 때 본인의 의도를 가장 명징하게 만들 수 있을지를 고민하고, 그를 실현할 수 있는 공간에다 떼어 쓰기와 띄어쓰기를 실천해야 하는 것이다.

국어의 맞춤법은 복잡하다. 그런데 국어의 띄어쓰기도 맞춤법의 일종이다. 골치 아픈 띄어쓰기가 맞춤법에 포함되는 바람에 국어 맞춤법의 난해한 정도가 배가된다. 그래서 배우고 외워도 헷갈리기 일쑤다. 어떤 이들은 띄어쓰기가 도저히 정복되지 않는 산처럼 느껴진다고 토로할 정도다.

기실 제아무리 국어 실력이 뛰어난 사람들도 맞춤법, 그리고 띄어쓰기는 종종 틀린다. 하지만 틀리는 정도나 그 수가 여타 사람들에 비해 확실히 덜하거나 적기는 하다. 언어 활동량이 일반 사람들보다 많아서일까. 아니면 암기력이 유독 좋은 사람들일까. 물론 틀린 얘기는 아니다.

그러나 내 생각은 조금 다르다. **맞춤법과 띄어쓰기의 원칙을 남들보다 더 철저히 그리고 의식적으로 지키려는 자세가 조금씩 쌓이고, 그것이 습관처럼 변해서 그런 것이라고 말이다.** 아마도 그들은 타인들과 같은 양만큼 언어 활동을 하지만, 국어의 원칙을 지키려는 자세 덕분에 언어 활동의 질이 부쩍 좋아진 것일 테다.

이 장(章)을 통해 띄어쓰기의 원칙을 머리로는 알았으니, 이제부터는 몸과 마음으로 실천할 때다. "티끌 모아 태산"이란 말처럼 본인의 언어 실력을 향상시켜 줄 좋은 습관을 티끌처럼 쌓아보자. 그러면 머지않아 태산처럼 커진 본인의 띄어쓰기 역량을 확인할 날이 반드시 있을 것이다.

2. 띄어쓰기의 예외 1

오늘의 잘못된 문장

사례 1

"학창시절에는 정말이지 공부만 하는 수 밖에 없었다. 한시라도 빨리 가난을 벗어나고 싶었던 내게 그 밖에 취미들은 전혀 중요하지 않았다."

사례 2

"보고 느낀대로 아는만큼 얘기하면 될뿐, 상대방측에 주눅이 든 나머지 가릴거 없이 다 말할 필요는 없다."

사례 3

"나는 흡연실에서 담배 한개비를 태우는 중이었다. 담배를 피며 창밖을 구경하는 중이었는데, 그때 마침 어느 맹인이 안내견 한마리와 함께 횡단보도를 다급히 건너기 시작했다."

– 〈크리티카 논술·구술면접 아카데미〉 수강생의 글 中

앞 장(章)에서 우리는 맞춤법 중 띄어쓰기의 원칙을 공부했다("문장의 각 단어는 띄어 씀을 원칙으로 한다.":『국어 어문 규정집』제1장 제2항). **이번 장에서는 띄어쓰기의 예외를 공부하려 한다.** 띄어쓰기의 예외는 총 6가지다. 그중 3가지를 우선 이번 장에서 상세히 논의하고, 나머지 3가지는 그다음 장에서 상설하도록 하겠다.

[1] 띄어쓰기의 예외 규칙 1

"조사는 그 앞말에 붙여 쓴다."

조사(助詞)는 어느 말(言語)과 다른 말의 관계를 표시하거나, 그 말(들)의 뜻을 도와주는 품사다. 따라서 그 자체로 뜻이 있는 낱말은 아니다. 그저 문법적인 기능만 하는 낱말이다. 『국어 어문 규정집』에서는 조사에 관한 띄어쓰기 방법을 설명하면서 다음과 같이 예를 들고 있다.

꽃이/꽃마저/꽃밖에/꽃에서부터/꽃으로만
꽃이나마/꽃이다/꽃입니다/꽃처럼/어디까지나
거기도/멀리는/웃고만

밑줄 처있는 부분들이 모두 조사다. 예를 보면 알 수 있듯이 '조사는 그 앞말(단어)에 붙여 쓰는 것'이 띄어쓰기의 예외이자 규칙이다.

이 장(章) 첫머리의 [오늘의 잘못된 문장]에서 사례 1은 이 규칙을 어겼다. 바로 '밖에'를 조사가 아니라, 모두 '밖'이라는 명사로 이해하고 쓴 것이다. '밖'이란 한 음절 단어는 분명히 명사다. 그러나 '밖'에 '에'가 붙은 '밖에'는 '명사+조사'일 때도 있지만, 그 자체로 하나의 '조사'일 때도 있다. 차이는 다음과 같다.

● 밖 [명사]

1. 어떤 선이나 금을 넘어선 쪽.
2. 겉이 되는 쪽. 또는 그런 부분.
3. 일정한 한도나 범위에 들지 않는 나머지 다른 부분이나 일.

● 밖에 [조사]

'그것 말고는' '그것 이외에는' '기꺼이 받아들이는' '피할 수 없는'의 뜻을 나타내는 보조사. 반드시 뒤에 부정을 나타내는 말이 따른다.

사례 1의 문장을 다시 보자.

오늘의 잘못된 문장 - 다시보기

사례 1

"학창시절에는 정말이지 공부만 하는 수 밖에 없었다. 한시라도 빨리 가난을 벗어나고 싶었던 내게 그 밖에 취미들은 전혀 중요하지 않았다."

첫 번째 문장 "학창시절에는 정말이지 공부만 하는 수 밖에 없었다."에서 "수 밖에"는 '방법 말고는, 방법 외에는'이란 뜻이므로 '수밖에'처럼 붙여 써야 한다. '수'가 '방법'을 의미하는 하나의 단어이고, '밖에'가 그 자체로 '…말고는, …외에는'을 의미하는 하나의 조사이기 때문에, 띄어쓰기 예외 규칙 1에 의해 '수밖에'로 붙여 쓰는 것이 맞춤법에 맞다(한마디로 정리해 '수밖에'에서 '밖에'는 '명사+조사'가 아니라, 그 자체로 하나의 '조사'로 쓰인 경우다).

한편 사례 1의 두 번째 문장 "한시라도 빨리 가난을 벗어나고 싶었던 내게 그 밖에 취미들은 전혀 중요하지 않았다"에서 "그 밖에"는 맞춤법에 맞게 쓴 경우다. "그 밖에"는 '그 나머지의'란 뜻이므로 '그 밖에'처럼 떼어 써야 한다. '그'가 '그(것)'을 의미하는 하나의 단어이고, '밖+에'는 '바깥'을 의미하는 하나의 단어인 '밖'에 격(格) 조사 '에'가 붙은 꼴이기 때문이다 (한마디로 정리해 '그 밖에'에서 '밖에'는 그 자체가 하나의 '조사'가 아니라, '명사+조사' 로 쓰인 경우다).

따라서 사례 1을 고쳐 쓰면 아래처럼 바뀌어야 한다.

오늘의 잘못된 문장 - 사례 1 고쳐 쓰기

"학창시절에는 정말이지 공부만 하는 **수밖에** 없었다. 한시라도 빨리 가난 을 벗어나고 싶었던 내게 그 밖에 취미들은 전혀 중요하지 않았다."

[2] 띄어쓰기의 예외 규칙 2

"의존 명사는 띄어 쓴다."

의존 명사는 나름대로 뜻이 있기는 하지만, 그 의미가 무척 형식적이어서 다른 말 뒤에 기대어 쓰이는 명사다. '것' '수' '만큼' '이' '바' '지' '데' '따름' '뿐' '나름' '대로' '즉' '외' 등이 의존명사들이다.

『국어 어문 규정집』에서는 의존 명사에 관한 띄어쓰기 방법을 설명하면서 다음과 같이 예를 들고 있다.

아는 <u>것</u>이 힘이다./나도 할 <u>수</u> 있다.
먹을 <u>만큼</u> 먹어라./아는 <u>이</u>를 만났다.
네가 뜻한 <u>바</u>를 알겠다./그가 떠난 <u>지</u>가 오래다.

밑줄 쳐있는 부분들이 모두 의존 명사다. 예를 보면 알 수 있듯이 '의존 명사는 그 앞말(단어)과 떼어 쓰는 것'이 띄어쓰기의 예외이자 규칙이다.
[오늘의 잘못된 문장]에서 사례 2는 의존 명사와 관련된 규칙을 어긴 경우다. "느낀대로" "아는만큼" "될뿐" "상대방측" "가릴거"에서 '대로' '만큼' '뿐' '측' '것('거'의 문어체적 표현)'은 모두 의존명사이므로, 앞말에 떼어 써

야 한다.

따라서 사례 2를 고쳐 쓰면 아래처럼 바뀌어야 한다.

'**대로, 만큼, 뿐, 측, 것**'은 실제로 글을 쓸 때 굉장히 자주 활용되는 의존명사들인데, 안타깝게도 사람들이 맞춤법상 굉장히 자주 틀리는 것들이기도 하다. 과장을 조금 보태서 얘기하면 일반적으로 10명 중 예닐곱 명이 틀릴 정도다. 이 기회를 통해 한번 머릿속에 확실히 각인해두면 좋을 듯하다.

한편 사례 2의 내용 중 '가릴 거'에서, '거'는 '것'으로 쓰는 것이 더욱 격식이 있다. 의존명사 '것'은 '사물, 일, 현상 따위를 추상적으로 이르는 말'인데, 실제 구어 생활에서는 주로 '거'라고 발음한다. 예를 들어 상점에 들러서 "작은 거 말고 큰 거 주세요!"라고 말하는 경우가 그렇다. 비근한 예로서 '것이'를 '게'로 표현하는 것도 같은 용법이다. 예를 들어 "마땅한 게 떠오르지 않아서 그나마 비싼 게 괜찮지 않을까 싶더라고."에서, '게'는 '것이'를 구어체로 표현한 경우다.

그러나 글은 구어체를 피하고 문어체로 쓸수록 글이 글다워진다. 문어체(文語體)란 말 자체가 '문어(文語) 즉 문자언어로 쓰인, 체(體) 즉 방식·격식'을 뜻하지 않는가! 글쓴이가 문어체를 갖출수록 읽는 사람도 글쓴이에게 품위를 느끼고 존경심을 가질 것이다.

그런 차원에서 비록 일상생활에서는 '거, 게'라고 편하게 발음하되, 글을 쓸 때만큼은 '**것, 것이**'로 품새를 갖추려 노력하는 편이 자신의 글을 보다 격상시키는 방법일 테다.

[3] 띄어쓰기의 예외 규칙 3

"단위를 나타내는 명사는 띄어 쓴다."

"다만, 순서를 나타내는 경우나 숫자와 어울리어 쓰이는 경우에는 붙여 쓸 수 있다."

『국어 어문 규정집』에서는 단위를 나타내는 명사에 관한 띄어쓰기 방법을 설명하면서 다음과 같이 예를 들고 있다.

한 개 / 차 한 대 / 금 서 돈 / 소 한 마리
옷 한 벌 / 열 살 / 조기 한 손 / 연필 한 자루
버선 한 죽 / 집 한 채 / 신 두 켤레 / 북어 한 쾌

밑줄 친 부분들이 모두 단위를 나타내는 명사들이다. 이러한 '단위 명사'들은 단위의 대상이 되는 명사와 띄어 써야 한다.

다만 예외를 허용하는 경우가 있다. '순서를 나타내는 경우'나 '숫자와 어울리어 쓰이는 경우'에는 '단위 명사'라 할지라도 단위의 대상이 되는 명사와 붙여 쓸 수 있다. 예를 들어, '일층, 이층, 삼층…/일단, 이단, 삼

단…/일학년, 이학년, 삼학년…'처럼 '순서를 나타내는 경우'나, '1,000원, 10,000달러, 100,000엔…/1월, 2월, 3월…/1센티, 2센티, 3센티…'처럼 '숫자와 어울리어 쓰이는 경우'가 그 예들이다.

[오늘의 잘못된 문장]에서 사례 3은 단위 명사와 관련된 규칙을 어긴 경우다.

오늘의 잘못된 문장 - 다시보기

사례 3

"나는 흡연실에서 담배 <u>한개비</u>를 태우는 중이었다. 담배를 피며 창밖을 구경하는 중이었는데, 그때 마침 어느 맹인이 안내견 <u>한마리</u>와 함께 횡단보도를 다급히 건너기 시작했다."

"한개비, 한마리"에서 '개비, 마리'는 모두 '단위를 나타내는 명사'인 데다, '순서를 나타내는 경우'나 '숫자와 어울리어 쓰이는 경우'도 아니기 때문에 앞말에 떼어 써야 한다.

따라서 사례 3을 고쳐 쓰면 아래처럼 바뀌어야 한다.

오늘의 잘못된 문장 - 사례 3 고쳐 쓰기

"나는 흡연실에서 담배 **한 개비**를 태우는 중이었다. 담배를 피우며 창밖을 구경하는 중이었는데, 그때 마침 어느 맹인이 안내견 **한 마리**와 함께 횡단보도를 다급히 건너기 시작했다."

한국어를 사용하다 보면 단위를 나타내는 명사를 활용해야 하는 경우가 의외로 많다. 앞에서 살펴봤듯이 단위를 나타내는 명사를 쓸 때는 원칙(앞말에 떼어 쓰기)과 예외(앞말에 붙여 쓰기)가 있으므로, 두 가지 상황을 준별해서 쓸 줄 알아야 한다.

한편 "담배를 피며"는 "담배를 피우며"로 쓰는 것이 맞춤법상 옳다. 한국어에서 어떤 물질에 불이 붙어 타는 모습을 표현하고 싶을 때 가장 대표적인 동사들로, '피다'와 '피우다'가 있다. 전자(前者)는 목적어를 필요로 하지 않고 주어만을 필요로 하는 자동사(自動詞)이고, 후자(後者)는 주어뿐만 아니라 목적어도 필요로 하는 타동사(他動詞)다.

'피다'와 '피우다'의 차이 및 각각의 구체적인 뜻은 다음과 같다.

● 피다 [자동사]

연탄이나 숯 따위에 불이 일어나 스스로 타다.
예) 숯이 피다./연탄불이 피다.

● 피우다 [타동사]

어떤 물질에 불을 붙여 연기를 빨아들이었다가 내보내다.
예) 아편을 피우다./담배를 피우다.

이에 근거하면 '담배를 피다'는 결코 표준어가 아니다. [오늘의 잘못된 문장의 사례 3을 다시 살펴보자. 사례 3의 상황은 화자가 담배에 직접 불을 붙여 흡연하는, 즉 끽연(喫煙)을 하는 상황이다. 따라서 화자가 주체이고, 담배가 목적어이기 때문에 '피다'라는 자동사를 쓰면 안 된다. '담배를'이라는 목적어를 필요로 하므로, 타동사인 '피우다'를 써야 한다. 그래서 이때는 '담배를 피우다'가 표준어인 셈이다.

정리하자면, '특정 주체가 어떤 물질에 불을 붙여 연기를 빨아들이고 내보내는 행위'를 표현할 때에는 반드시 '피다'(자동사)가 아니라, '피우다'(타동사)로 써야만 맞춤법상 옳다는 뜻이다. 그러므로 사례 3에서 "담배를 피며"는 "담배를 피우며"로 고쳐 써야 한다.

3. 띄어쓰기의 예외 2

이제 이 책을 마무리할 시간이 왔다. 이번 장(章)을 배우면 당신은 글쓰기에 필요한 핵심 문법을 전부 배운 셈이다. 앞 장에서도 예고했듯이, 이번 장에서는 띄어쓰기의 예외 6가지 중 나머지 3가지에 대해서 배운다.

참고로 『국어 어문 규정집』에서는 띄어쓰기의 예외를 총 10개, 즉 제41항에서부터 제50항까지 열거하고 있다. 그러나 이 책에서 제시하고 있는 6개 외에 『국어 어문 규정집』이 추가로 제시하고 있는 4가지는 엄밀히 말해 띄어쓰기의 예외라기보다는, "원칙을 지키면 좋은데, 안 지켜도 상관없다"는 식의 권고사항 혹은 임의사항들에 불과하다. 결국 그 4가지는 본질적으로 띄어쓰기의 원칙을 다시 표명한 것뿐이다.

그러므로 **이 책에서는 띄어쓰기의 원칙과는 어긋나는 상황이 정상인 경우들, 즉 띄어쓰기의 원칙을 어겨야만 맞춤법이 맞는 경우들만 기술했다.** 말하자면 띄어쓰기의 '진짜 예외들'이다. '원칙을 지켜도 좋고, 안

지켜도 상관없는 경우들'까지 마치 율법처럼 외워두면 띄어쓰기와 관련해서 기억해둬야 할 사항이 너무 많아지기 때문이다. 학습이 효율적이려면 공부의 양을 줄이면서도 훨씬 많은 것을 아는 방법을 택해야 한다.

고로 이 책에서는 『국어 어문 규정집』과는 다르게, 띄어쓰기의 예외를 '**진짜 예외들 6가지**'로 요약·정리했다는 점, 그 점을 양지하면서 이 책을 읽어주시길 부탁드린다. 그럼 지금부터 글쓰기 방법론의 마지막 여정을 시작해보자.

[4] 띄어쓰기의 예외 규칙 4

"수를 적을 적에는 '만(萬)' 단위로 띄어 쓴다."

『국어 어문 규정집』에서는 이 규칙을 설명하면서 다음과 같이 예를 들고 있다.

● 예)

십이억 삼천사백오십육만 칠천팔백구십팔

12억 3456만 7898

일만(一萬) 단위로 수를 띄어 쓰게 규정한 이유는 그렇게 해야 보는 사람이 숫자를 인식하기 편해서일 것이다.

그런데 솔직히 이 규칙은 우리가 실제 글쓰기를 할 때 적용되는 경우는 거의 없다. 요즘 시대에 숫자를 적을 때 일일이 한글로 쓰는 사람은 극히 드물다. 사람들은 숫자를 적을 때 으레 0, 1, 2, 3, 4, 5, 6, 7, 8, 9로 표기하는 아라비아 숫자(Arabia 數字)를 쓴다. 이것은 비단 우리나라뿐만이 아니라 세계 어느 나라든 비슷할 테다.

그래서 이 규칙은 현실적으로 봤을 때 사실상 사문화(死文化)되었다고 생각해야 하지 않을까 싶다. 물론 이 규칙은 현행 한국어 맞춤법상 엄연히 띄어쓰기의 '진짜 예외'이기는 하다. 그러나 숫자를 한글로 표기하는 사람들이 줄어드는 추세라 이 규칙의 효력은 미비하다.

그러므로 이 "수를 적을 적에는 '만(萬)' 단위로 띄어 쓴다."는 규칙은 가볍게 일독만 하기를 권한다. 이 책을 공부하는 여러분들이 정말로 신경 써야 할 띄어쓰기의 예외들은 다음부터 설명할 것들이다. 그리고 [오늘의 잘못된 문장]의 사례 1과 2도, 지금부터 설명할 **띄어쓰기의 예외 규칙**과 관련되어 있다.

[5] 띄어쓰기의 예외 규칙 5

"성과 이름, 성과 호 등은 붙여 쓰고, 이에 덧붙는 호칭어, 관직명 등
은 띄어 쓴다."

이 규칙을 설명하기 위해『국어 어문 규정집』은 아래처럼 예를 제시한다.

● 예)

김양수(金良洙)/서화담(徐花潭)/채영신 씨/최치원 선생/박동식 박사/충무
공 이순신 장군

그리고 바로 이어서 단서조항이 나온다.

"다만, 성과 이름, 성과 호를 분명히 구분할 필요가 있을 경우에는 띄
어 쓸 수 있다."

다음 예시는 단서조항과 관련하여『국어 어문 규정집』이 제시한 것들
이다.

● 예)

남궁억, 남궁 억/독고준, 독고 준/황보지봉(皇甫芝峰), 황보 지봉

　예를 보면 알 수 있듯이 대개 이 단서조항이 적용되는 경우는 성씨가 두 글자인 사람들을 표기할 때다. 언급된 성씨들 외에도 우리나라에는 두 글자짜리 성으로서, '제갈/선우/동방/소봉/사공 … ' 등이 있다. 하지만 두 글자인 성을 가진 사람들이 일단 많지 않고, 글을 쓸 때 그런 사람들을 특정하여 표기하는 상황은 더더욱 드물기 때문에 이 단서조항은 사실 띄어쓰기를 할 때 크게 신경 쓸 필요는 없다. 중요한 것은 단서조항이 아니라, 일반조항이다("성과 이름, 성과 호 등은 붙여 쓰고, 이에 덧붙는 호칭어, 관직명 등은 띄어 쓴다.").

　그렇다면 이제 [오늘의 잘못된 문장] 사례 1번 문장을 분석해보도록 하자.

오늘의 잘못된 문장 - 다시보기

사례 1

"나는 아직 친하지 않은 사람들한테는 한동안 이름에다 호칭을 붙여서 부른다. 그래서 내 친구 미선이를 만났을 때에도 반년 동안이나 '미선씨' 또는 '김대리'라고 불렀었다."

오늘의 잘못된 문장 - 사례 1 고쳐 쓰기

"나는 아직 친하지 않은 사람들한테는 한동안 이름에다 호칭을 붙여서 부른다. 그래서 내 친구 미선이를 만났을 때에도 반년 동안이나 '미선 씨' 또는 '김 대리'라고 불렀었다."

사례 1번 문장에는 "미선씨"라는 표현이 등장한다. 여기서 '미선'은 이름이고, '씨'는 의존명사로서 일종의 호칭이다('씨'처럼 상대를 예우할 때 쓰는 호칭들로서, '님' '귀하' 등도 있다). 그런데 이 문장에서는 '미선'과 '씨', 이 둘을 서로 붙여 썼다. 앞서 읽었듯이 『국어 어문 규정집』은 "성과 이름, 성과 호 등은 붙여 쓰고, 이에 덧붙는 호칭어, 관직명 등은 띄어 쓴다."고 했다. 따라서 사례 1번 문장의 "미선씨"는 "미선∨씨"로, **이름(미선)과 호칭어(씨)를 띄어 써야 한다.**

"김대리"라는 표현도 같은 방식으로 고쳐야 한다. 여기서 '김'은 성이고, '대리'는 직책이나 직급을 나타내는 호칭이다. 그런데 이 문장에서는 '김'과 '대리', 이 둘을 서로 붙여 썼다. 『국어 어문 규정집』의 원칙대로 성·이름은 호칭·관직명과 띄어 써야 한다. 따라서 "김대리"는 "김∨대리"로, **성(김)과 직책·직급의 호칭(대리)을 띄어 써야 한다.**

대개 사람들은 글을 쓸 때 성 또는 이름에 호칭·관직명 등을 습관적으로 붙인다. 그러나 이것은 맞춤법상 올바른 띄어쓰기가 아니다. 성·이름과 호칭·관직명은 별개의 사항이므로, 둘은 반드시 띄어 써야만 한다는 점을 꼭 기억해야 할 것이다.

[6] 띄어쓰기의 예외 규칙 6

"보조 용언은 띄어 씀을 원칙으로 하되, 경우에 따라 붙여 씀도 허용한다. 다만, 앞말에 조사가 붙거나 앞말이 합성 동사인 경우, 그리고 중간에 조사가 들어갈 적에는 그 뒤에 오는 보조 용언은 띄어 쓴다."

『국어 어문 규정집』에서는 이 규칙을 설명하면서 다음과 같이 사례를 들고 있다.

우선 "보조 용언은 띄어 씀을 원칙으로 하되, 경우에 따라 붙여 씀도 허용한다."는 예시들이다.

● 예)

내 힘으로 막아 낸다. / 내 힘으로 막아낸다.

어머니를 도와 드린다. / 어머니를 도와드린다.

그릇을 깨뜨려 버렸다. / 그릇을 깨뜨려버렸다.

비가 올 듯하다. / 비가 올듯하다.

그 일은 할 만하다. / 그 일은 할만하다.

일이 될 법하다. / 일이 될법하다.

비가 올 성싶다. / 비가 올성싶다.

잘 아는 척한다. / 잘 아는척한다.

예문 속에서 밑줄 친 글씨가 보조용언이다. 용언이란, 문장에서 서술어 역할을 하는 동사나 형용사다. 용언은 '본(本)용언'과 '보조(補助)용언'이 있다.

본용언은 다른 용언의 도움 없이 혼자서도 충분히 문장의 서술어 기능을 할 수 있는 용언이다. 예를 들어 예문 속에서 밑줄 친 글씨 바로 앞에 있는 용언들이 바로 본용언들이다. 일례로 위 예문 중 첫 번째 문장, "내 힘으로 막아 낸다"에서 '막다'는 본용언이다. 그래서 보조용언 '내다'를 빼고, '막다'라는 동사만 써도 문장이 성립한다("내 힘으로 막는다.").

그러나 보조용언은 본용언에 기대지 않고 혼자서는 문장의 서술어 기능을 할 수 없다. "내 힘으로 낸다." 어떤가. 무슨 뜻인지 이해할 수 있겠는가? 그렇지 않다. 뜻을 파악하기 힘들다. 이 문장의 서술어가 온전하지 않아서이다. 그래서 보조용언은 반드시 본용언이 필요하다.

하지만 보조용언을 꼭 본용언에 붙여서 쓸 필요는 없다는 것이 『국어 어문 규정집』의 방침이다. 보조용언은 본용언과 별도로 떼어 쓸 수도 있다. 그래서 앞에서 본 예시들도 보조용언이 본용언에 붙어있기도 하고, 떨어져 있기도 한 것이다.

그러나 단서조항이 있다("다만, 앞말에 조사가 붙거나 앞말이 합성 동사인 경우, 그리고 중간에 조사가 들어갈 적에는 그 뒤에 오는 보조 용언은 떼어 쓴다."). 단서조항은 보조용언을 본용언과 반드시 별도로 떼어 써야 하는 경우들로서 세 가지를 들고 있다. 이 세 가지 경우 중 하나에 해당할 때에는

본용언과 보조용언을 반드시 띄어 써야 한다. 다음은 그 세 가지 경우들이다.

① **앞말에 조사가 붙는 경우**(여기서 '앞말'은 '본용언'을 말한다)

② **앞말이 합성동사인 경우**[여기서도 '앞말'은 '본용언'을 뜻한다. 그리고 '합성 동사'란 둘 이상의 말이 결합된 동사다. 예를 들어 '앞서다'(앞+서다), '가로막다' (가리다+막다), '지켜보다'(지키다+보다) 등이 '합성동사'다]

③ **중간에 조사가 들어가는 경우**(여기서 '중간'은 '보조용언의 중간'을 말한다. 예를 들어 '알듯하다'에서 '듯하다'는 보조용언인데, "알 듯도 하다"처럼 쓴다면 '듯하다'라는 보조용언 중간에 조사 '도'가 들어간 것이다)

『국어 어문 규정집』에서는 세 가지 경우들 각각에 해당되는 예문들을 아래처럼 제시했다.

● 예)

① **앞말에 조사가 붙는 경우**(밑줄 부분이 조사) - "잘도 놀아<u>만</u> 나는구나!" "책을 읽어<u>도</u> 보고……."

② **앞말이 합성동사인 경우**(밑줄 부분이 합성동사) - "네가 <u>덤벼들어</u> 보아라." "강물에 <u>떠내려가</u> 버렸다."

③ **중간에 조사가 들어가는 경우**(밑줄 부분이 조사) - "그가 올 듯<u>도</u> 하다." "잘난 체<u>를</u> 한다."

그렇다면 이제 [오늘의 잘못된 문장] 사례 2번 문장을 본격적으로 분석해보자.

오늘의 잘못된 문장 - 사례 2 고쳐 쓰기

"그는 힘 쓸 수 있는 데까지 **힘써보려 했지만** 결국 실패했다. …(중략)… 이쯤 되면 원하는 대로 **될 법도 한데** 이상한 일이었다."

사례 2번 문장에서 잘못된 곳은 두 군데다.

그리고 그 두 군데 모두 앞서 읽었던 단서조항을 어긴 경우들이다("다만, 앞말에 조사가 붙거나 앞말이 합성 동사인 경우, 그리고 중간에 조사가 들어갈 적에는 그 뒤에 오는 보조 용언은 띄어 쓴다."). 두 군데 각각이 단서조항의 ①~③ 중 어떤 사항을 어긴 것인지 구체적으로 살펴보도록 하자.

우선 사례 2번 문장 중 첫 번째 부분 "힘써보려했지만"은 '힘써보다'라는 본용언과 '하다'라는 보조용언이 합쳐진 구(句)이다. 그리고 본용언은 한 번 더 분해해보면 '힘쓰다+보다' 형식으로 구성된 **합성동사**다. 그래서 결론적으로 사례 2번의 "힘써보려했지만"은 '합성동사인 본용언+보조용언' 형태의 구다.

혹시 단서조항 ②번이 기억나는가. 보조용언을 써야 할 때 "앞이 **합성**

동사인 경우"에는 반드시 "보조용언을 앞말에 띄어 써야 한다"는 조항이다. 지금 사례 2번 문장에서 문제가 되는 부분, "힘써보려했지만"이 정확히 이 조항에 해당한다.

따라서 "힘써보려했지만"은 "힘써보려∨했지만"처럼, 보조용언 부분 '했지만'을 앞말에 띄어 써야 한다.

그다음 사례 2번 문장 중 마지막인 두 번째 부분, "될법도한데"를 살펴보자. "될법도한데"는 '되다'라는 본용언과 '법하다'라는 보조용언이 합쳐진 구이다. 그리고 보조용언을 한 번 더 분해해보면 기본 꼴인 '법하다'의 중간에, **조사** '도'를 넣어서 '법도 하다'라는 꼴을 갖추고 있다. 그래서 결론적으로 사례 2번의 "될법도한데"는 본용언+조사가 들어간 보조용언' 형태의 구다.

혹시 단서조항 ③번이 기억나는가. 보조용언을 써야 할 때 "(보조용언) 중간에 조사가 들어가는 경우"에는 반드시 "보조용언을 앞말에 띄어 써야 한다"는 조항이다. 지금 문제가 되는 부분, "될법도한데"가 정확히 이 조항에 해당한다.

따라서 "될법도한데"는 "될∨법도∨한데"처럼, 보조용언 부분 '법도 한데'를 앞말에 띄어 써야 한다.

참고로 "법도 한데"에서 "법도∨한데"로 띄어 쓰는 이유는, "법도"가 '명사(법)+조사(도)' 꼴이고, "한데"는 '동사(하다)+어미(-ㄴ데)' 꼴이기 때문이다. '명사' '조사' '동사+어미'는 모두 분리하여 자립적으로 쓸 수 있거나 그에 준하는 말, 즉 '단어'다.

그래서 띄어쓰기의 대원칙, "문장의 각 '단어'는 띄어 씀을 원칙으로 한다."를 적용하여 일단 "법∨도∨한데"처럼 써야 한다.

그런데 여기에 앞장에서 배운 띄어쓰기의 예외 규칙 1, "조사는 그 앞말에 붙여 쓴다."가 적용된다. 그렇기 때문에 '명사에 '조사'를 붙여 최종적으로 "법도∨한데"가 완성되는 것이다.

이것으로 띄어쓰기의 예외를 모두 공부했다. 몇몇 예외들은 제법 내용이 복잡하여 기억하기 까다롭지만, 몇 번 반복해서 숙지하다 보면 생각보다 금세 숙달할 것이다.

글쓰기를 공부할 때 문장성분, 품사, 내용 구성법, 맞춤법 등에 대해서는 굉장히 신경을 쓰면서도, 정작 띄어쓰기에 관해서 만큼은 소홀하게 생각하는 이들이 많다. 그러나 **띄어쓰기도 엄연히 맞춤법의 하위 범주다. 띄어쓰기가 틀리면 곧 맞춤법도 틀린 셈이다.** 문장성분이나 품사, 내용 구성 등이 제아무리 훌륭해도 띄어쓰기가 보기 힘들 정도로 많이 틀리면 그 글의 진가가 평가 절하될 수밖에 없다. 반대로 문장성분이나 품사, 내용 구성 등이 훌륭한 데다 띄어쓰기까지 수준급이라면 그 글은 분명히 평가 절상될 수밖에 없다. 비록 번잡하고 사소해 보일지라도 띄어쓰기의 원칙과 예외를 몸에 익혀야 할 이유다.

그러므로 띄어쓰기를 조금은 특별히, 그리고 신중하게 대하는 태도를 갖출 필요가 있다. 띄어쓰기는 문장을 품위 있고 격식 있게 만드는 **글쓰기의 매무새**나 다름없다.

말하기와 글쓰기 능력이 생필품인 미래 시대

- 왜 인터넷 시대에서 글쓰기 능력은 필요한가 -

▶ 수사학의 시대였던 고대 세계

고대 그리스의 시민들은 사회적 동물임은 물론, 정치적 동물이기도 했다. 특히 아테네 시민들은 공식적으로든, 비공식적으로든 대중 앞에 말할 기회가 많았다. 내용은 소소한 생활상의 애깃거리들로부터 사회 이슈, 국가 정책 등 영역과 범위에 있어서 제한이 없었다. 누가 되었든 시민이기만 하면 그의 의견을 개진할 수 있는 권리가 있었고, 그를 행사할 기회도 만연했다. 그래서 그리스 및 아테네 시민들에게 수사학은 필수 아닌 필수, 이른바 생필품이나 매한가지였다. 심지어 민·형사상 소추가 되어 법적 분쟁의 당사자가 되었을 때 자신을 변론하기 위해서라도 수사학은 절실했다.

게다가 정치 체제가 '직접 민주정'이었기 때문에 누구든 최소한 한 번 이상은 공무를 담당해야만 했다. 그러한 공무 중 하나가 정치 활동이고, 이때도 역시 개인의 논리적인 의사 표현 능력이 중요할 수밖에 없었다. 바야흐로 말의 시대, 입담의 시대였던 셈이다. 이렇게 그리스와 아테네 시민들이 오롯이 정치·사회 활동과 언변을 자랑하는 삶을 영위할 수 있었던 까닭 중에 하나는, 그들의 생계를 보장해주는 노예들이 존재해서였다. 양식을 얻기 위한 노동의 시간을 당시 노예들이 대신 충당해준 것이다.

▶ 'AI 시대', 신(新) 노예제의 태동 가능성

최근 몇몇 정치인들과 시민들 사이에서 기본소득에 관한 논의가 일어나고 있다. 특정 공동체의 구성원 자격을 갖춘 이라면 그들 모두에게 그 공동체를 관할하는 정부가 일정 금액을 대가 없이 지급하는 정책이 곧 기본소득 개념이다. 남녀노소를 불문하고 누구나 똑같은 금액을 동등하게 보장받는 것이다. 굉장히 솔깃한 얘기이지만, 기본소득 정책은 그 금액이 커질수록 사회 전체의 생산량 역시 그 정책이 시행되기 이전에 비해서 적어도 같거나 커야만 한다는 전제가 필요하다. 그렇지 않다면 중산층 이상의 사람들이 갹출을 희생하여 자신의 실질 소득을 과감히 낮출 각오를 해야 한다. 물론 그럴 리가 만무하다. 따라서 **사회 총생산량이나 부가가치 등의 증진을 꾀할 수밖에 없는 것이다.**

쉬운 일은 아니다. 그럼에도 불구하고 기본소득에 대한 뭇 사람들이 자못 기대하는 까닭이 있다. 바로 AI(Artificial Intelligence, 인공지능)의 대두다. 인공지능이 기존에 사람들이 도맡던 각종 사회활동이나 직업수행 면에서 인간 못지않은 능력을 보여주고 있는 영역이 하나둘씩 등장하고 있는 데다가, 특정 측면에서는 인간보다 더 낫다는 점을 방증하고 있다. 더군다나 그 방증들은 무한히 갱신 중이다. 한편으로는 AI의 이 무한한 잠재력이 인간에게 재앙이겠지만, 관점을 달리하면 전례 없던 축복일 수도 있다. **인공지능의 등장을 디스토피아가 아닌 유토피아로 보는 관점, 그**

러한 관점의 일례 내지 연장선이 바로 기본소득에 대한 찬동이다. AI 시대란 더 이상 인간 대다수가 일 중독자가 되지 않아도 오히려 인간 사회 전부가 일에 미쳐있을 때보다 기계가 더 많은 가치를 대신 생산해주는 시대이기 때문이다. 그렇게 생산된 가치들을 인류에게 이익이 되게끔 관리·통제하고, 급기야 형평성 있게 분배한다면 기본소득에 필요한 재원 마련은 어렵지 않을 것이라는 생각이 바로 기본소득 추진자들의 전제다.

이 전제에 따르면 근대 이후 노예제가 폐지된 지 근 1.5세기 만에 인류는 새 노예제를 갖게 된 셈이다. 물론 인권 유린은 극복하면서 말이다.

▶ 정치적 관심에 대한 점화(點火)

만약 이와 같이 친(親) 인권적인 노예제가 도래한다면, 인류는 그동안 생계와 벌이를 위해 낭비한 시간을 후하게 보상받을 것이다. 문제는 그렇게 보상받은 시간을 인간이 어떤 방식으로 쓸 것이냐이다. 방식 여하에 따라 미래의 기계 시대가 어떤 모습의 유토피아일지 결정될 테다. 그 구체적인 상(像)이야 각자 상상하기 나름이다. 그리고 상상하는 이의 예측에 그 사람만의 바람도 개입되게 마련이다. 혹자는 인간이 그간 억눌렸던 창의성을 한껏 발휘하게 되어 만인이 창조가가 되는 세계를 예측한다. 또 다른 누군가는 인간이 순전히 도락(道樂)만을 추구하며 일하는 세계를 예측한다.

그러나 AI 시대가 낙원이 될 것이란 의견에 동의한다는 전제하에, 그리고 인공지능 시대가 수준 높은 기본소득을 가능케 하여 결국 인간을 노동의 굴레로부터 해방시킨다는 전제하에, 내가 바라는 미래를 감히 그려보자면 고대 그리스·아테네 시민들 삶이 재림하는 것이 아닐까 조심스레 추측해본다. 물론 그 당시보다 훨씬 많은 구성원이 시민의 자격을 갖는 사회다. 그리고 공동체 구성원 중 누구도 열외 없이 공동체의 존속·유지, 발전방안 등에 대해 기탄없이 자기 생각을 표출하는 사회 말이다. 바야흐로 만인의 만인에 대한 소통과 설득이 중시되는 세계다.

AI에게 인간과 동등한 권리나 대우가 보장되지 않고 인류가 그들을 신개념 생계 도우미로 여기는 데 제도적으로 성공한다면, 인간은 분명 유사 이래 그 어떤 때보다 정치적 동물이 될 가능성이 농후하다. 창조적 영감은 아무나 갖는 것이 아니고, 인간이 쾌락만을 좇는 데에는 한계가 있지만, 주변인과 상호작용하며 자신이 속한 공동체에 대해 왈가왈부하며 자기 이익을 증진하려는 사회적·정치적 욕망은 누구나 가진 탓이다. 그리고 이때야말로 인간의 정치적 동물성을 유감없이 실험해볼 수 있는 절호의 기회라 여겨도 무방할 테다. 이 시기에 인터넷은 '직접 민주제'를 위한 도구로 훌륭히 쓰일 것이고, 역사 시대 이래 가장 확실한 자기 지배, 즉 '직접 민주주의'도 기대할 수 있다. 그간 생계로 외면했던 정치적 관심이 점화되는 진짜 새 시대다.

▶ 생계를 잊은 공론장

인류가 탄생한 이후 인간 사회를 관장하는 법, 제도, 온갖 사회 시스템 등은 인간이 주체가 되어 만든 것이다. 그리고 역사 흐름에 따라 크고 작은 부침(浮沈)은 있었지만, 거시적으로 늘 그것들은 더욱 많은 구성원에게 자유와 이익을 부여하는 방식으로 진보해왔다. 그리고 지금은 민주화를 이룩한 대부분의 나라가 비록 간접적으로나마 국민이 스스로를 지배하는 대의제를 성공적으로 안착시켰다.

여기에다가 앞서 말한 대로 **미래에 인공지능이 인류 친화적인 노예로 상용화된다면, 우리는 고대 그리스·아테네의 귀족 시민들처럼 우리를 스스로 어떻게 통제하며 자유로워질 것인지에 관해 계층·계급의 고하를 막론하고 서로가 갑론을박하며 공존하는 데까지 나아갈 것이다. 역사상 가장 완벽하다고 할 수는 없지만, 역사상 가장 '직접 민주제'의 이상에 가까운 공론장이 펼쳐질 것이라는 점만큼은 확실하다.** 그때는 IT가 더욱 발달한 덕에 그 어떤 소통이든 거의 실시간으로 생성되고, 검증될 것이다. 기존의 체계를 충실히 답습하는 생산 능력이야 기계가 월등하겠지만, 미래 지향적이며 전례가 없는 무정형의 이념과 신(新) 체제 등을 만드는 일은 인간의 몫이다.

최근의 소식들도 이를 증명한다. 예로써, AI 및 인공지능은 하이든의 고전주의 작법 또는 고갱의 인상주의 화풍을 그 스타일 그대로 창'작'하는 데에는 능하지만, 기존에 없던 스타일을 창'조'하지는 못한다고 한다. 이는 아직 과거의 패러다임을 새 패러다임으로 초극하는 힘만큼은 인간이 더 유능하다는 것을 의미한다.

▶ 로봇시대에도 여전할 권력투쟁

그러나 "미래 지향적이며 전례가 없는 무정형의 이념과 신(新) 체제 등을 만드는 일은 인간의 몫이다."란 표현을 더욱 정확히 하면 "…… 인간의 몫이어야만 한다."가 되어야 하지 않을까. 그래야만 기계가 주는 잉여를 인간이 누릴 수 있어서이다. 그래서 최근 기계에게 인권에 버금가는 권리를 부여해서는 안 된다는 견해들도 속출하는 것이다. 조금은 배타적일지라도 인류가 더 우선인 기계 사회를 추진하고, 그를 법으로 규정하고 제도화해야 한다는 발상이다. 그리고 그러한 법과 제도는 사람들끼리 서로 설득하고 소통한 '합의물'이어야 한다는 점은 당연지사다.

하지만 그렇다 하더라도 속단은 금물이다. AI와 인공지능을 인간에게 유리하게끔 통제한다 하더라도 사람들 사이에서 야기될 권력 투쟁은 여전할 수 있다. 태초부터 설계된 인간의 DNA가 개조되지 않는 이상, 희소가치를 차지하여 남보다 권위·명성을 드높이려는 인간의 욕망은 소멸할 리 만무하기 때문이다. 제아무리 기본소득 시대라 할지라도 그 무엇이 됐든 희소가치는 그 어떤 시대정신 하에서도 늘 존재할 수밖에 없다. 기존의 희소가치가 사라지면 억지로라도 새 희소가치를 만들어 타자와 차별성을 꾀하려는 것이 인간의 본성인 탓이다.

이처럼 **기계가 오로지 인간을 위해 노동만 하고, 적어도 사람들 간에 경제력으로 인한 소외와 배제가 없는 시대가 오더라도, 말하기과 글쓰기가 생필품인 시대는 그 생필품의 양과 질에 따라 또다시 사람들 간에 권력 차이가 발생할 여지가 있다. 돈이 희소가치가 아닌 사회에서는 지식, 교양, 외모, 신체능력 등 정량화할 수 없는 비(非)물질적인 가치들이 각광받을 수 있다.**

▶ 다시금 수사학을 고민해봐야 할 시점

특히 직접 민주제를 방불케 하는 추후의 공론장 시대에 말과 글로 자기 의견을 피력하는 능력은 어찌 보면 생존능력 그 자체일지도 모른다. 소위 입담과 글담이 좋은 이에게 사람들은 관심과 표(票)를 줄 것이다. 그의 견해가 더 매력적으로 느껴지고, 그에 끌리기 때문이다. 논리성 유무는 차치하더라도 말이다. 그리고 그의 사상은 그 공동체의 법·제도, 시스템 등으로 구체화될 공산이 크다. 이는 **말하기와 글쓰기 능력이 곧 권력과 지위가 되는 시대**이다.

이러한 얘기는 단순한 레토릭이 아니다. 고대 세계처럼 수사학이 생존 무기로 부활할지도 모르는 일이다. 이 경우, **남을 설득할 줄 모르는 자, 말에 알맹이가 없는 자, 남들이 귀담아듣기 싫어하는 자들은 모두 로봇 시대에서 귀족 시민이 될 수 없다. 자기주장을 남에게 공감시킬 수 없기에, 그가 원하는 바들은 사회 시스템에 단 '1'도 반영되지 않는다.** 그 결과 그 사회 시스템 속에서 말과 글이 빈곤한 자들의 의견이 법이나 제도에 반영되기는 무척 힘들 것이다. 입담과 글담이 부족한 자의 자기소외가 현실화되는 순간이다.

곧 다가올 로봇 시대에 기본소득이란 녹봉에 안주하여 자기 생각은 부재한 채, 남들이 일궈놓은 시스템을 추종하며 얹혀살 것인가. 공론장의 일원 혹은 선봉장이 되어 정치적 존재임을 만끽할 것인가. 제법 진지하게 생각해볼 문제다.